Gisbert Greshake

Kleine Fuge in g-moll

Ein Kirchenkrimi aus dem Vatikan

Gisbert Greshake

Kleine Fuge in g-moll

Ein Kirchenkrimi aus dem Vatikan

echter

Bibliografische Information der Deutschen Nationalbibliothek

Die Deutsche Nationalbibliothek verzeichnet diese Publikation
in der Deutschen Nationalbibliografie; detaillierte bibliografische Daten
sind im Internet über ‹http://dnb.d-nb.de› abrufbar.

1. Auflage 2019
© 2019 Echter Verlag GmbH, Würzburg
Umschlag: wunderlichundweigand.de (Foto: © Stefano Termani-ni/
shutterstock.com und © Fer Gregory/shutterstock.com)
Satz: Crossmediabureau
Druck und Bindung: CPIbooks – Clausen & Bosse, Leck

ISBN
978-3-429-05354-3
978-3-429-05025-2 (PDF)
978-3-429-06435-8 (ePub)

Vorbemerkung

Der vorliegende „Kirchenkrimi" wurde schon vor mehr als zehn Jahren geschrieben und später unter dem Autoren-Pseudonym Roman Carus veröffentlicht, bisher aber nur an einige wenige Leser weitergegeben.

Angesichts der gegenwärtig wieder in die Öffentlichkeit getretenen Missbrauchsfälle in der Katholischen Kirche erhält der Roman eine ganz neue Aktualität. Er zeigt nämlich, dass die verbreitete Reaktion der kirchlichen Hierarchie auf diese Fälle, nämlich Vertuschen und Verheimlichen um des „Ansehens" der Kirche willen, bereits vor mehr als einem Jahrzehnt von mir exakt so vorausgesehen wurde (siehe S. 36f, 68f). Deshalb erscheint der Roman nun unter meinem wirklichen Namen, um so auch persönlich dafür einzustehen, dass es mit der Ideologie von der Kirche „als Haus voll Glorie", das „weit über alle Land", sprich: weit über den Niederungen der Welt, steht, ein Ende haben muss und eine neue, auf S. 69ff angedeutete Sicht und Form der Kirche unbedingt erforderlich ist.

Inhalt

Vorspiel

„Und du bist ganz sicher, ganz, ganz sicher, dass da niemand im Haus ist und dass die Sicherheitsanlage wirklich nicht funktioniert?" Die Frage war so leise geflüstert, dass Chicco sie trotz der nächtlichen Stille kaum verstand. Denn obwohl es soeben aus der Ferne von einigen Kirchtürmen zwei Uhr geschlagen hatte, konnte von einem „Schweigen der Nacht" keine Rede sein. In Rom gab es ohnehin als ständige akustische Hintergrundkulisse das Rauschen einer nie abbrechenden Verkehrslawine. Hinzu kamen die typischen Nachtgeräusche einer Großstadt: Zuschlagen von Autotüren und Hochdrehen anfahrender Motoren, Geschimpfe und Geschreie von Streithähnen, Gekreische und Gestöhne von liebestrunkenen Paaren, gelegentlich auch einige Takte Musik, wenn Türen von Nachtclubs oder Diskos kurz geöffnet wurden.

„Was hast du gesagt?", fragte Chicco zurück. Aber Pepe wiederholte die Frage nicht. Ihm war bewusst geworden, dass er sie schon oft, viel zu oft gestellt hatte und sein Spezi immer wütender darauf reagierte. Der empfand das ständige sorgenvolle Nachfragen als Kritik an seinen „strategischen Fähigkeiten". Schließlich war *er* es, der alles gründlichst recherchiert und vorbereitet hatte; schließlich hatte *er* die Luxusvilla ausgemacht, die zwar keine völlig einsame Position hatte – wie sollte das in der Ewigen Stadt möglich sein? –, die aber doch durch ein paar Grünstreifen ringsherum und durch ihre Lage in einer Sackgasse äußerst isoliert war. Schließlich hatte *er* herausgebracht, dass sie nur von einem einzigen Mann bewohnt war, der vorgestern für ein paar Tage einen Urlaub angetreten hatte.

Und das wusste Chicco nicht nur von Palli, einem ehemaligen Klassenkameraden, er hatte selbst aus gebührendem Abstand die Abfahrt des Villenbesitzers im vollbepackten Range Rover beobachtet. Von seinem früheren Schulfreund hatte er auch in Erfahrung gebracht, dass es im Haus keinen eigenen Hausmeister gab, denn diesen Job erledigte der gleiche Palli neben seiner Stelle am Institut sozusagen „mit der linken Hand" mit. Auch das übrige Personal wohnte nicht im Haus, sondern kam stundenweise von außerhalb und verließ spätestens am Abend die Villa. All diese und andere Informationen hatte er über einen längeren Zeitraum so ganz „nebenher" von Palli, den er regelmäßig „in der Szene" traf, erfahren, ohne dass der auch nur im entferntesten ahnte, dass Chicco damit etwas anfangen wollte und dunkle Pläne schmiedete.

Alles in allem also: Ideale Verhältnisse! Natürlich wurde die Villa nachts regelmäßig von einer Wachfirma kontrolliert, und überdies war sie vom Keller bis zum Dach extrem alarmgesichert: Da gab es eine Unmenge von Bewegungsmeldern rings um das Haus. Alle Türen und Fenster hatten Sensoren, die durch eine Standleitung mit der größten Wachdienst-Firma Roms verbunden waren; diese konnte sich auch über verschiedene Nachtsichtkameras jederzeit über die momentane Sicherheitslage im Außenbereich der Villa informieren. Schließlich war der Besitzer ja nicht „irgendwer".

Aber gerade in Sachen Sicherheit kannte Chicco sich hervorragend aus. Er hatte vor seinen ersten Straftaten – einigen Betrügereien und einem mittelschweren Einbruch – bei einer Wachdienst-Firma gearbeitet und sich dabei entsprechende Kenntnisse angeeignet, die er dann bei seinen Zellennachbarn im Knast, einem ausgesprochenen Sicherheitsfachmann, noch vertieft hatte. Im übrigen war er ein begeisterter Computer-Freak, der sich regelmäßig in Zeitschriften aus dem IT-Bereich über neuere Entwicklungen kundig machte. Vor nunmehr drei Tagen hatte er mit angeklebtem Oberlippenbart und leicht getönter Brille an der Villa vorgesprochen, an seinem schwarzen Wams das Logo der früheren Wachfirma, in der Hand einen Ausweis, eine überaus echt erscheinende Fotokopie seines früheren Dokuments. So legitimiert; erklärte er der Hausdame, er müsse kurz die Anschlüsse der Kameras überprüfen, da einige von ihnen keine brauchbaren Bilder mehr abgäben. Unter den kritischen Blicken dieser Dame machte er sich an der Zentrale des Sicherheitssystems zu schaffen, schaltete dieses aber beileibe nicht ab – das wäre ja spätestens am Abend aufgefallen –, sondern baute eine vorher präparierte Miniatur-Zeituhr ein, die in dieser Nacht ab 2 Uhr das ganze System abstellte.

Jetzt also war es so weit. Die Bewegungsmelder blieben tatsächlich ohne jede Reaktion, als sie den Vorgarten durchschritten. Das Öffnen der Tür war reine Routine. Nun hieß es, konzentriert zu arbeiten. Chicco hatte von Palli gehört und bei seinem kurzen „Besuch" auch selbst bestätigt gefunden, dass die Villa äußerst luxuriös eingerichtet und mit Kunstwerken, kostbaren Teppichen und Möbeln aus dem Sei- und Settecento vollgestopft war. Aber weder er noch Pepe standen auf größere Gemälde, Holz- und Metallplastiken, Teppiche oder Mobiliar. Deren Transport war viel zu gefährlich, und bei den Verhandlungen mit dubiosen Kunsthändlern zog man immer den Kürzeren. Denn die wussten genau, dass Diebe bei Unzufriedenheit mit dem angebotenen Preis die einmal vorgeführten Sachen schon allein wegen ihrer Größe und ihres gefährlichen Transports normalerweise nicht wieder mitnahmen, um sie einem anderen Hehler zu präsentieren. Deswegen waren Chicco und Pepe nur an kleineren Pretiosen und Schmuckstücken, an Münz- oder Briefmarkensammlungen, an hochwertigen Kameras und – natürlich! – an Geld interessiert. Palli hatte einmal erzählt, in der Villa gäbe es einen Tresor von solchem Ausmaß, wie er ihn noch nirgendwo sonst gesehen hätte außer in Kriminalfilmen, wenn da gelegentlich große Tresoräume von Banken gezeigt würden. Chicco hatte nicht weiter gefragt, um keinen Verdacht zu erregen. Wenn der Tresor wirklich so groß war, würde man ihn auch finden, und irgendwas Brauchbares würde sicher drin sein.

Aber man fand ihn nicht, so sehr man auch suchte. Sie inspizierten alle Räume, öffneten Schränke und schoben sie beiseite, brachen die Holzverkleidung einiger Wände auf, schauten hinter riesige Wandgobelins und große Gemälde und hebelten sogar den elektrischen Schaltschrank weg. Alles vergebens!

Pepe griemelte hämisch: „Na, wo bleibt denn dein großer strategischer Wurf?"

„Chiudi il becco! (Halt dein Maul!)", brüllte Chicco. „Porco Giuda! (Verdammte Scheiße!). Das Ding muss es doch geben. Schauen wir noch in den Keller. Wenn wir auch da nichts finden, brech' ich dem Palli alle Rippen im Leib. Wir nehmen dann halt ein paar andere Kleinigkeiten mit."

Doch siehe da! Neben der Kellertür befand sich eine weitere Tür, der innere Zugang zur Garage, der weit offen stand. Und durch diesen hindurch fiel der Blick auf die Seitenwand eines Tresors von wahrhaft gigantischen Ausmaßen: Er reichte vom Boden bis zur Decke, war über 1,50 m breit und ragte mindestens 80 Zentimeter aus der Wand, in die er hineingemauert war, heraus, so dass er insgesamt auch eine beträchtliche Tiefe haben musste. Jagdfieber ergriff die beiden Ganoven. In diesem Tresor musste doch wohl einiges zu holen sein! Und das Öffnen sollte dabei eigentlich keine allzu großen Schwierigkeiten machen.

Die Zeiten waren vorbei, in denen man mit Schweißbrennern arbeitete. Das machte zu viel Lärm und dauerte bei Tresoren dieser Größe, deren Stahlwände und -türen normalerweise auch eine außergewöhnliche Dicke aufwiesen, viel zu lange. Auch das Knacken der Schlösser mit Nachschlüsseln, Werkzeug und Stethoskop gehörte der Vergangenheit an, jedenfalls was die neuesten Tresore anging. Im Allgemeinen hatten die nämlich ein digitales Code-Schloss, d.h. sie waren durch die Eingabe eines fünf- oder sechsstelligen, jederzeit zu variierenden Codes zu öffnen, wobei die Eingabe am Tresor-Schloss selbst oder/und mithilfe einer Art „Fernbedienung" zu geschehen hatte. Damit man aber den Code nicht durch systematisches Durchprobieren aller nur denkbaren Möglichkeiten herausfinden konnte (was bei einem sechsstelligen kombinierten Zahlen- und Buchstaben-Code die Zahl 36^6, eine elfstellige Ziffer, ergab, sodass das Durchprobieren ohnehin nur mithilfe eines Computers durchgeführt werden konnte), waren Zeitsperren eingebaut. Nach drei Fehlversuchen konnte man erst nach einigen Stunden oder sogar Tagen einen neuen Versuch machen. Doch seit einigen Monaten gab es ein neues, in Amerika entwickeltes und unter kleinen und großen Ganoven sogleich weltweit verbreitetes Software-Programm, das solche Sperren überwinden konnte, indem es dem programmierten Tresorschloss nach jeweils drei Fehlversuchen den Ablauf einer langen Zeitspanne „vorgaukelte". Man brauchte jetzt also nur noch mittels Notebook, das mit einem kleinen Sender versehen war, die 36^6 Möglichkeiten mit einem kleinen Verzug nach je drei Versuchen automatisch durchgehen. Das dauerte etwa zwei Stunden, und schon war der Tresor geöffnet. Sollte allerdings der Code nicht nur aus Zahlen und Buchstaben, sondern auch aus Sonderzeichen bestehen oder sollte der Code gar achtstellig sein (was vermutlich jetzt noch nicht der Fall war, womit man aber in Zukunft nach weiterer Entwicklung des besagten neuen Software-Programms sicher zu rechnen hatte), konnte bei dann gegebenen 45^8 Möglichkeiten, d.h. einer vierzigstelligen Zahl der ganze Vorgang dann vielleicht auch Tage in Anspruch nehmen.

Pepe startete seinen Laptop. Beide machten sich auf eine längere Wartezeit gefasst. Doch bereits nach ungefähr 20 Minuten gab es einen leisen Knacks; der Computer hatte den richtigen Code offenbar schon erwischt. Mehr gierig als nur neugierig öffneten sie die Tür und wollten mit einer Taschenlampe den riesigen Stahlschrank ausleuchten, doch halt! ... sie strauchelten beide wie auf Kommando zurück. Vor ihnen standen, an die Rückwand des Tresors gelehnt, zwei leblose menschliche Gestalten ohne Kopf, genauer: an Stelle der Köpfe sah man, in einer Art durchsichtiger Plastiktüte eingewickelt, einen absolut formlosen Brei aus Blut, Haut, Gehirnmasse, Knorpeln und Knochen. Ein grauenhafter Anblick, der bei beiden sofort einen grellen Schrei auslöste! In was war man da hineingeraten?

„Nichts wie weg!", schrie Pepe. Aber ehe die zwei sich zur Flucht auch nur umwenden konnten, spürten sie als Letztes, bevor sie ihr Bewusstsein verloren, einen betäubenden Geruch ...

Erstes Kapitel
Im Vatikan brennt's

Vicequestore Dr. Teofrasto Bustamante (den Vornamen kannte allerdings kaum jemand, da seine Freunde ihn nur mit „Bu-Bu" oder, wenn sie ein wenig witzeln wollten, mit „Vice" anredeten) war ein gern gesehener Gast in jenen zahlreichen wissenschaftlichen Zirkeln und Clubs, kulturbeflissenen „Salons" und politischen Konventikeln, die es in Rom in Unmengen gibt. Man schätzte ihn nicht nur wegen seiner außergewöhnlich hohen Bildung – immerhin hatte er ein komplettes Philosophie-, Theologie- und Jurastudium mit Auszeichnung absolviert –, sondern auch aufgrund seiner exponierten, einflussreichen Stellung. Er war Behördenleiter der Kontaktstelle zwischen Vatikanstaat und italienischer Justiz und als solcher mit allen sich zwischen Kirche und Staat überschneidenden rechtlichen Fragen und kriminellen Angelegenheiten befasst. Er unterstand direkt dem italienischen Justiz- bzw. – in bestimmten Fragen – auch dem Innenministerium. Im obersten Stockwerk des „Palazzo della Giustizia" besaß er ein eigenes selbstständiges Ufficio (Dienststelle) mit herrlichem Blick über Rom. Eine Reihe von Angestellten und Beamten waren ihm zugeordnet. „Vicequestore" war nur sein amtlicher Titel, der ihn vom „Questore", dem Polizeipräsidenten von Rom, mit dem er nur gelegentlich zu tun hatte, unterschied. Im offiziellen Umgang wurde er als Onorevole Signor Questore angeredet.
Aber nicht nur hohe Bildung und vielseitige Kontakte zeichneten ihn aus, sondern auch das angenehme, gutmütige, ja ge-

radezu „gemütliche Wesen" eines typischen Pyknikers. Klein von Gestalt und wohlgenährt, wies er alle äußeren Merkmale auf, die Vertrauen einflößen: onkelhafte Manieren, warmherzige Stimme, ein wenig schmuddelige Kleidung, Fliege, Glatze, Oberlippenbart. Von dem her konnte man auf den ersten Blick den Eindruck von Harmlosigkeit und von eher unterentwickelten intellektuellen Fähigkeiten gewinnen. Aber dies war eine gewaltige Täuschung, auf die schon viele hereingefallen waren. Tatsächlich war Bustamante hochgescheit, ein ebenso tiefschürfender wie nüchterner Analytiker, der sowohl komplizierteste Rechtsprobleme wie auch schwierigste Kriminalfälle zu lösen verstand. Aber gerade weil er diese Fähigkeiten völlig zu verstecken wusste und stattdessen den Typ eines freundlich-mitfühlenden guten Nachbarn oder auch Stammtischkumpanen hervorkehrte, sah man ihn gern bei gesellschaftlichen Ereignissen, Veranstaltungen und „Salons" als Gast.

Heute, am Sonntagabend, war er zu einem Clubabend bei Professor Ivan Pacelli, einem weitläufigen Verwandten (Urgroßneffen) des Pacelli-Papstes Pius' XII. und Lehrstuhlinhaber am Institut für Gerichtsmedizin des römischen Klinikums, eingeladen. Mit ihm hatte der Questore schon oft zusammengearbeitet, sehr erfolgreich sogar, auch wenn man den Professore genau so wie Bu-Bu ständig unterschätzte. Denn Pacelli war von fast zwergwüchsiger Gestalt mit einem viel zu langgezogenen Kopf, dessen Übermaß noch von riesigen, weit abstehenden Ohren und einem gewaltigen Backenbart unterstrichen wurde; dazu kam ein struppiger Haarwuchs, den ein in seinem Verlauf unklarer Poposcheitel auch nicht recht bändigen konnte. Kurz: Man war geneigt, Professor Pacelli eher für einen Komiker oder Clown als für einen hochkarätigen, auch international äußerst angesehenen Wissenschaftler zu halten.

Er lebte mit seiner Frau zusammen, die ein fast ebenso exzentrisches Aussehen hatte wie er selbst. Sie überragte ihn um anderthalb Kopflängen. Ihr bereits schlohweißes Haar war hinten zu einer „Glaubensfrucht" zusammengebunden (so nannten man den vor allem bei deutschen Pietisten verbreiteten, überaus „sittsam" wirkenden Nackenknoten). Sie war stets mit einer hochgeschlossenen weißen Bluse, über der irgendetwas „Fummeliges", ein bunter Schal oder eine riesige Kette, hing, bekleidet; aber unter dem bis weit über die Knie hinabreichenden altmodischen Faltenrock ragte völlig stilwidrig eine speckige Jeanshose heraus, die in zwei unsäglich abgetragene Pantinen überging. Dazu trug sie zwei blechern aussehende Ohrringe, die fast bis auf die Schultern herabhingen und dadurch ihr Hörorgan nur auf andere Weise unterstrichen als die zum steten Lauschangriff ausgefahrenen Ohrmuscheln ihres Gatten. Vor ihrer Heirat war sie eine bekannte Atomphysikerin gewesen. Da sie aber Kinder haben wollten, gab sie ihren Beruf auf und kehrte auch dann nicht dahin zurück, als ihnen Kinder versagt blieben.

Vor einigen Jahren hatten Herr und Frau Pacelli einen „Club" von Akademikern gegründet, der ursprünglich den Namen „Novità professioni accademiche" (deutsch etwa „Neues aus Akademikerberufen") trug, dann aber nur noch kurz als „Club novità" bezeichnet wurde. Es gehörten dazu 20 bis 30 Akademiker aus unterschiedlichen Berufen, die sich in unregelmäßigen Abständen, im Schnitt aber monatlich und je abwechselnd in ihren Privatwohnungen trafen. Dort informierte dann jeweils ein Klubmitglied über die neuesten Entwicklungen in seinem Beruf, und nach einem kleinen Imbiss diskutierte man über das Gehörte.

Heute also waren Professor Pacelli und seine Frau Gastgeber. Obwohl Bustamante kein festes Mitglied weder dieses Clubs noch einer anderen ähnlichen Vereinigung war, nahm er nicht selten an derartigen Treffen teil, falls man ihn einlud und das Thema ihn interessierte. Und dies war heute wahrlich der Fall, da er in seinem Beruf immer wieder mit der Gerichtsmedizin zu tun hatte. Außer ihm waren noch gut zwölf andere Gäste gekommen. Einige davon waren ihm bekannt, von anderen hat er bisher nur gehört, so z.b. vom Philosophen Geraldo Monte, der sich an der „Sapienza", der ersten römischen Universität, ganz auf der Linie der letzten Päpste gegen alle postmodernen Gedankenspielereien für die Grundlegung einer neuen Metaphysik einsetzte, während seine gleichfalls mitgekommene Frau führende Politikerin der Grünen und radikale Feministin war. Erstmalige Bekanntschaft machte Bu-Bu auch mit dem gegenwärtigen Star am Medizinerhimmel, mit Professor Andrea Fisichella, einem international führenden Neurochirurgen und Hirnforscher, der an der Gemelli-Klinik, einer römischen Dependance der Katholischen Universität von Mailand, arbeitete. Er war schon mehrfach für den Nobelpreis vorgeschlagen worden und fühlte sich, an seinem etwas arroganten Auftreten gemessen, wohl auch ziemlich sicher, ihn eines Tages zu bekommen. Er war unverheiratet und kam jetzt in Begleitung mit seinem Assistenten Dr. Davide Bonanni, einem noch relativ jungen Mann mit zelotenhaft stechendem Blick. Auch der Bu-Bu bisher noch nicht persönlich bekannte Soziologe Alberto Martinelli und Frau waren, allerdings mit reichlicher Verspätung, eingetroffen, so dass sie ihm vor dem bereits begonnenen Referat nicht mehr vorgestellt werden konnten. Martinelli sorgte bei den Soziologen für einige Furore, da er mit seiner normativen Gesellschaftstheorie gegen alle strukturalistischen und phänomenologischen Ansätzen polemisierte, aber auch zu der von Geraldo Monte konzipierten Metaphysik völlig quer stand.

„Eine äußerst bunte Gesellschaft!", dachte Bustamante bei sich, vor allem, wenn man dazu noch die ihm bereits bekannten Club-Mitglieder aus dem theologisch-religionswissenschaftlichen, politischen, juristischen und technologischen Bereich in Betracht zog.

Sein Interesse an Professor Pacellis Referat hielt sich zunächst in Grenzen. Denn inhaltlich waren ihm die neuen Schwerpunkte und Herausforderungen der Gerichtsmedizin, die Pacelli behandelte, mehr oder minder bekannt.

Deshalb musterte er ein wenig gelangweilt die Gastgeberwohnung, die genau so exzentrisch war wie das Erscheinungsbild des Ehepaars Pacelli: Bald fühlte man sich angesichts der vielen Möbel aus Urgroßvaterzeiten in die Welt um 1910 zurückversetzt, bald wurde man an geschmacklos eingerichtete Wartezimmer moderner Zahnarztpraxen erinnert: schreckliche Neonleuchten als Lampen, billige Kunststoffsessel, unpraktische Glastische, Teppiche vom Wühltisch eines „UPIM"-Kaufhauses zur Zeit des Sommerschlussverkaufs.

Auch die Art und Weise, wie der Professore seinen Stoff darbot, gab Gelegenheit zur Ablenkung: Mit ausgefallenen Vergleichen und überraschenden bildhaften Wendungen sowie in einer durch und durch altmodischen Sprachform zeigte er minutiös auf, wie sich infolge der DNA-Analyse und präziserer Diagnose-Instrumentarien für die Gerichtsmedizin neue fruchtbare Möglichkeiten eröffneten, aber auch wie es wegen moderner, zunehmend raffinierter werdender Designer-Drogen und -gifte immer schwieriger wurde, verlässliche Auskünfte über Todesursache und -zeit zu geben.

„Der Witz des göttlichen Geschöpfes Mensch, ein anderes Geschöpf gleich edlen Ranges von hinnen ins Dannen der Ewigkeit befördern zu können und dies auch in die Tat umzusetzen, nimmt – Gott sei es geklagt! – immer mehr zu. Und dem kann die Gerichtsmedizin nur mit größerem Witz begegnen, mit ‚Aberwitz' sozusagen."

Wie hätte mein Gymnasiallehrer für italienische Literatur wohl auf solche Formulierungen in einem Aufsatz von mir reagiert?, fragte sich der Questore. Aber dann wurde sein Interesse plötzlich hellwach. Denn Pacelli wollte jetzt gegen Schluss offensichtlich an zwei Fällen das bisher Ausgeführte konkretisieren. Diese beiden Fälle lagen zwar schon mehr als drei Jahre zurück, waren aber in den letzten Tagen wieder hochaktuell geworden.

Vor drei Jahren, als Pacelli noch am Gerichtsmedizinischen Institut des Klinikums in Mailand tätig war, entdeckte man im Naviglio Grande, einem der mittelalterlichen Kanäle, die sich durch die Hauptstadt der Lombardei ziehen – und zwar dort, wo dieser auf den Naviglio Pavese trifft, unweit des alten Hafenbeckens, der Darsena – zwei unbekleidete, grässlich zugerichtete männliche Leichen. Ihre Köpfe, bzw. das, was einmal Köpfe waren, steckten in einem durchsichtigen Plastikbeutel. Doch was sich in Wirklichkeit in diesen Beuteln befand, waren keine Köpfe mehr, sondern nur eine breiige Matsche von Blut, zerquetschter Gehirnmasse und total zerkleinerten Knorpeln und Knochenfragmenten. Es gab keinerlei feste Masse mehr. Um einen Kopf derart herzurichten, reichte es wohl kaum aus, ihn mit einem Vorschlaghammer oder sonst einem schweren Gegenstand zu bearbeiten, es musste eine Art überschweren Mörsers oder eine Dampfwalze oder eine Presse, wie man sie etwa zum Zerquetschen von Altautos benutzte, am Werk gewesen sein, so dass nichts, aber auch gar nichts mehr von der Gestalt eines Kopfes übrig geblieben war.

Zunächst fanden sich keinerlei Hinweise, die zur Identifizierung der Leichen hätten führen können. Da von deren Fingerkuppen die Haut und oberste Fleischschicht abgeschnitten waren, gab es nicht einmal die Chancen, über Fingerabdrücke herauszufinden, wer die Ermordeten waren. Und weil der Tod mindestens 36 Stunden zurücklag und weder in dieser Zeit noch in den folgenden zwei Wochen eine passende Vermisstenanzeige aufgegeben wurde, begnügte sich der gerichtsmedizinische Dienst der Squadra omicida (Mordkommission) von Mailand damit, die eigentliche Todesursache festzustellen. Und die war offensichtlich eine tödliche Dosis intravenös gespritzten Kaliumchlorids, wie sie auch in einigen Staaten der USA zum

Vollzug der Todesstrafe angewandt wird. Man wollte schon die Leichen zur Beerdigung freigeben, da hörte Professor Pacelli von diesem Fall.

„‚Aufgeben gilt nicht!' Mit diesem Wort, das wir als Kinder immer hinausgejubelt haben, ermutigten wir uns stets aufs Neue zum Weitermachen. Und dieses kindprophetische Wort leuchtete auch mir jetzt auf dem Weg voran!‚" mit dieser verrückt-ausgefallenen Formulierung leitete er seine jetzt folgenden Schlussausführungen ein, bei denen er wie so oft mit den Armen mächtig herumschlackerte, so dass man den Eindruck gewann, dass deren Bewegungen mit der übrigen Körpermotorik nicht recht koordiniert waren.

Er berichtete, dass er der Mailänder Polizei angeboten habe, neue Untersuchungen anzustellen. Dafür scheute er sich nicht, den grässlichen Brei der zerschmetterten Köpfe Kubikzentimeter für Kubikzentimeter durchzugehen und fand auf diese Weise bei einem der Ermordeten Bruchteile einer aus einer Goldlegierung bestehenden Zahnbrücke. Solche Brücken werden normalerweise von den zahntechnischen Labors punziert, um damit Edelmetallanteil und Hersteller kenntlich zu machen. Mit einem entsprechenden Mikroskop fand Pacelli das stark lädierte Punz-Zeichen des Dentallabors und konnte es deutlich sichtbar machen. Der Rest war kriminalistische Routinearbeit.

Im zweiten Fall wiederholte sich natürlich der Glücksfall eines Zahnbrückenfundes nicht. Aber hier kam dem Gerichtsmediziner die damals relativ neue Methode der DNA-Analyse zupass. Zwar hatte diese schon seit 1988 ihre forensische Legitimation erhalten, aber bis dahin diente sie fast ausschließlich als „genetischer Fingerabdruck", mit dessen Hilfe man eine ganze Reihe von *Tätern* entlarven konnte. Dieser Mailänder Fall war nun der erste in Italien, bei dem Pacelli die Identität des *Opfers* durch Vergleich mit den damals noch erst wenigen gespeicherten Proben in den Gen-Dateien nachweisen konnte.

Bei beiden Ermordeten ließ sich überdies zeigen, dass ihnen vor der tödlichen Spritze mit Kaliumchlorid starke Barbiturate verabreicht worden waren, und zwar vermutlich nicht auf einmal, sondern in verschiedenen „Portionen".

All diese neuen Erkenntnisse Pacellis führten zwar nicht zum Mörder und dessen Tatmotiv, wohl aber zur Identifizierung der Ermordeten. Das Opfer mit der Zahnbrücke war ein kleiner alleinstehender und alleinarbeitender Ganove, der gerade aus mehrjähriger Haft entlassen worden war. Er hatte Mitglieder der High Society bei ihren Seitensprüngen heimlich verfolgt, Skandalfotos von ihnen geschossen und sie damit erpresst. Da sich bis zum Zeitpunkt, da sich einer der Erpressten zur Anzeige entschloss, wenigstens zwei Selbstmorde von Betroffenen ereignet hatten, erhielt er vom Gericht die Höchststrafe von fünf Jahren. Natürlich ging die Mailänder Kriminalpolizei davon aus, dass der Mörder im Kreis der Erpressten zu suchen sei, konnte aber niemandem auch nur das Geringste nachweisen.

Ähnlich verhielt es sich mit dem anderen, durch DNA-Analyse identifizierten Opfer: Es handelte sich um einen alleinstehenden, gleichfalls gerade aus langjähriger Haft entlassenen, mehrfach rückfällig gewordenen pädophilen Kinderschänder, der Kleinkinder zum Teil brutalst bis hin zum Tode missbraucht hatte. Auch hier recherchierte die Polizei im Familienkreis der betroffenen Kinder, fand aber trotz gründlichster Nachforschungen nicht den geringsten Anhaltspunkt für einen Täter.

„So hat", schloss Pacelli seine Ausführungen, „die Gerichtsmedizin ihre Hausaufgaben ‚summa cum laude‘ erledigt. Ach, wäre es, – utinam!, würde der Lateiner sagen – mit der polizeilichen Aufklärungsarbeit ähnlich bestellt! Aber jetzt laden meine Frau und ich Sie alle zum kleinen Imbiss ein!"

Bevor jedoch der Applaus für das Referat beendet war und sich alle von den Plätzen erhoben, rief Professore Fisichella „Ohé, ohé!" durch den Raum. „Ivan, wart‘ einen Moment! Wir waren ja vor drei Jahren in Mailand am gleichen Klinikum tätig, und ich entsinne mich gut an die genannten Fälle und dein Verdienst an der Identifizierung. Sag bitte noch eines: Bist du jetzt auch an der Aufklärung der beiden neuen römischen Fälle beteiligt?"

„Mir wurde diese große Ehre zuteil! Aber darüber können wir vielleicht, so es gewünscht wird, nach der Befriedigung unseres Appetits noch weiter sprechen."

Aus dem „Kampf ums kalte Büffet" hielt Bu-Bu sich – dieses Mal! – heraus, obwohl, oder gerade weil er ein ausgesprochener Gourmet war. Deshalb war er auch häufig Gast in den exquisiten römischen Ristoranti oder Trattorie, die er regelmäßig, nicht selten zusammen mit Freunden oder Mitarbeitern, besuchte. Zum Teil wurde sein Eintreffen dort stürmisch begrüßt, zum Teil aber auch mit Bangen wahrgenommen. Denn er galt als unerbittlicher Kritiker. Guai!, wenn Essen oder Trinken die wenigen lustempfindlichen Zentimeter des Mundraums beleidigten! Kein anderer kannte sich in der kulinarischen Landschaft Roms so gut aus wie Bu-Bu, und keine kulinarische Szene kannte nicht „den Questore". In dieser Welt exquisiter Speisen und Getränke fühlte er sich wohl, fast so wohl wie auf seinen ausgedehnten Wanderungen in den Abruzzen, die er über alles liebte. Deshalb focht ihn auch das Ungepflegte und Unfreundliche seiner ziemlich dunklen, dazu noch ein wenig muffigen und schmuddeligen Wohnung auf der Via delle Botteghe oscure, die ohnehin mit seinem pompösen Dienstzimmer im Justizpalast nicht konkurrieren konnte, überhaupt nicht an. Wichtig an ihr war ihm nur, einen Ort zu haben, wohin er sich privat zurückziehen konnte. Die Abruzzen oder gepflegte Restaurants – für beides hatte Bustamante einen ausgesprochenen Faible. Deshalb hielt er sich jetzt am kalten Büffet sehr zurück. Denn das Hergerichtete machte zu sehr den Eindruck, Massenprodukt einer höchst mittelmäßigen Catering-Firma zu sein, und entsprechend ging auch von jeder einzelnen Speise ziemlich genau der von der Nahrungsmittelindustrie für sie vorgesehene Einheitsgeruch aus. Deshalb begnügte er sich mit einem Glas Orvieto bianco classico und einer kleinen Portion (schlechten) Parmigianos.

Einziges Thema während des Imbisses waren die beiden neuesten römischen Mordfälle, die eine verblüffende Ähnlichkeit mit den gerade von Pacelli erinnerten Mailänder Fällen aufwiesen: Vor sechs Tagen hatte man zwei Männer aufgefischt, diesmal aus dem Tiber, wieder waren es zwei männliche Opfer, wieder mit total zerschmetterten Köpfen in einer Plastiktüte, wieder unbekleidet ohne irgendwelche Hinweise auf ihre Identität. Der einzige Unterschied zu den Mailänder Opfern bestand darin, dass ihre Fingerkuppen unbeschädigt waren.

Kaum hatte man zur Diskussion wieder Platz genommen, meldete sich Dr. Tullio Veglianti, Procuratore della Repubblica, pensionierter Staatsanwalt, stürmisch zu Wort. „Bitte, Professore, haben Sie schon die Identität der beiden neuen Mordopfer herausfinden können?"

„Nun, es war mir vergönnt, Hinweise zu finden, die eigentlich zur Identifizierung führen könnten oder gar müssten."

„Was sind das für Hinweise?"

Pacelli wand sich. „Ich habe erst gestern mein Gutachten der Staatsanwaltschaft zukommen lassen; und es wäre wohl nicht sehr schicklich, darüber jetzt coram publico Auskunft zu geben."

„Aber wir sind doch kein ‚Publikum', es bleibt doch unter uns!"

Pacelli wand sich noch mehr. Erst als ihm der Ex-Staatsanwalt ausdrücklich grünes Licht gab, erklärte er sich bereit, allerdings nach ausgiebiger Ermahnung zur Diskretion, einige „Fragmente" von sich zu geben. Abgesehen von der allgemeinen Feststellung, dass beide Männer über 50 Jahre alt waren, der eine vielleicht sogar schon 60 Jahre, abgesehen davon, dass sie vor sechs Tagen im Tiber gefunden wurden, ihr Tod aber schon ungefähr acht bis neun Tage zurücklag, abgesehen davon, dass auch hier in Rom der Mord durch intravenös gespritztes Kaliumchlorid (dem zahlreiche Barbiturat-Injektionen vorangegangen waren) herbeigeführt wurde, war es im einen Fall nicht sonderlich schwer gewesen, ein spezifisches Kennzeichen auszumachen: Das ältere Opfer hatte einen Herzschrittmacher. Diese kleinen Wunderwerke der Technik tragen jeweils Produktionskennzeichen, an Hand derer man die Klinik ausmachen kann, die sie eingesetzt hat; und in der Klinik wiederum ist in einer Registratur jeder Schrittmacher einem bestimmten Patienten zugeordnet.

„Das dürfte mithin zu Identifizierung ausreichen!"

Beim zweiten Opfer war es schwieriger. Zwar entdeckte man einige Operationsnarben im Bauchbereich, hielt diese aber zunächst für Überbleibsel von Routineoperationen, nämlich von zwei Bruchoperationen und einer Darmoperation (Resektion eines Teils des an Divertikeln erkrankten Darms), dann aber machte Pacelli die Entdeckung, dass es sich im letzteren Fall um die riesige Narbe einer sehr ungewöhnlichen Blinddarmoperation handelte. Der Blinddarm war vermutlich, was zwar selten, aber doch gelegentlich vorkommt, nach oben um die Leber herumgewachsen gewesen. Dies bemerkte der Operateur offenbar erst bei der Operation und musste deshalb den für einen Blinddarm normalen Operationsschnitt einige Male nach oben verlängern. So kam es zu dieser für eine Blinddarmoperation außergewöhnlich langen Narbe.

„Weil so etwas bei einer Blinddarmoperation in Italien höchstens, allerhöchstens zwei-, dreimal im Jahr vorkommt und die Operation aufgrund des Narbenbefundes nur ungefähr drei bis fünf Jahre zurückliegt, müsste sich durch Anfrage bei den italienischen Kliniken der Kreis der möglichen Personen präzise eingrenzen lassen, es sei denn die Operation geschah im Ausland. Aber darf ich nochmals um äußerste Diskretion bitten, bis die Polizei selbst die von mir ermittelten Daten freigibt?!"

Der Beifall der Anwesenden zeigte, dass man dieser Bitte nachkommen wollte, aber auch, wie sehr man von den Ausführungen Pacellis fasziniert war. Statt jedoch in der folgenden Diskussion weiter auf die „novità" im Bereich der Gerichtsmedizin einzugehen, beschäftigte alle Anwesenden die grausigen Mordfälle, deren Zahl sich nunmehr auf vier erhöht hatte.

„Was kann man sich eigentlich als Grund vorstellen, weshalb der oder die Täter den Kopf der Ermordeten derart radikal zerschmetterten?", fragte der Philosoph Geraldo Monte, den Bustamante soeben erst kennengelernt hatte. „Die Antwort, man wollte durch Zerstörung des Gesichts die Identifizierung der Leichen verhindern, reicht ja wohl nicht aus. Man kann auch an anderen Teilen des Körpers Identifizierungsmerkmale ablesen, wie Sie, Professor Pacelli, es so eindrucksvoll gezeigt haben. Und überdies hätte für die Zerstörung der Gesichtszüge nicht der ganze Kopf vernichtet werden müssen. Was also bedeutet diese in allen vier Fällen gemeinsame totale Deformation des Kopfes?"

„Vielleicht war der Täter naiv, ein medizinischer Banause, der glaubte, wenn man das Gesicht nicht erkennen könne, werde man nicht herausbekommen, wer die Opfer sind," warf Dr. Davide Bonanni, der Assistent Professor Fisichellas, ein.

„Aber der oder die Täter müssen doch aus der Medienberichterstattung über die Mailänder Leichen wissen, dass man damals trotz der zerstörten Köpfe die Opfer identifiziert hat und so hätte man sich dies an den römischen Leichen ersparen können", gab Pacelli zu bedenken. „Im Übrigen bin ich ziemlich sicher, dass wir diesmal keinen von den Ermordeten via Fingerabdruck ermitteln können. Der oder die Täter wissen oder sind wenigstens davon überzeugt, dass diese beiden Männer nicht straffällig geworden sind und deshalb keine Fingerabdrücke von ihnen gespeichert wurden. Sonst wären gewiss auch bei ihnen die Fingerkuppen abgeschnitten."

„Vielleicht ist auch alles ganz anders!", rief mit etwas zu lauter Stimme der Soziologe Alberto Martinelli. „Man müsste überhaupt mal einen Psychiater oder Tiefenpsychologen konsultieren. Vielleicht ist es gerade ‚das Antlitz des anderen‘, wie Lévinas sagt, das der Täter völlig, aber auch völlig vernichten wollte, weil es in seinem Leben eine entscheidende negative, ja destruktive Rolle spielte. Mir kommt es jedenfalls so vor, als ob man es bei diesem grässlichen Geschehen mit einem zutiefst verletzten und zugleich hasserfüllten Menschen zu tun hat."

„Ja, oder … ‚" P. Prof. Dr. Giovanni Di Fonzo SJ, Moraltheologe an der Gregoriana, zögerte, „ich denke da gerade an das Faktum, dass einer der Mailänder Opfer ein Kinderschänder war. Gerade der Kopf, Mund, Zunge usw. spielen bei einigen Missbrauchsarten eine spezifische Rolle. Vielleicht war der Täter doch ein betroffener Vater, von Hass und Wut über das erfüllt, was man seinem Kind angetan hat. Und deshalb sollte der Kopf völlig vernichtet werden. Man könnte ja vielleicht nochmals überprüfen, ob der zweite Ermordete nicht ebenso im Bereich der Pädophilie anzusiedeln ist."

„Naja," meinte Pacelli, „aber das ist damals in Mailand schon alles minutiös überprüft worden."

„Und außerdem: Wenn man von Hass und Wut ausgeht, wie passen dazu die vorbereitenden Injektionen mit den Barbituraten, die ja im Grunde nur dazu dienen konnten, die Opfer vor der eigentlichen Ermordung ruhig zu stellen und schmerzlos zu halten? Das sieht doch nicht nach einer ausschließlich oder vorrangig emotional motivierten Handlung aus." Mit dieser fragenden Bemerkung mischte sich Bustamante wieder in die Diskussion ein.

Ohne darauf einzugehen, meldete sich sogleich danach der Kultursoziologe, Professor Rossi: „Vielleicht steht die Zerstörung des Schädels ja auch im Zusammenhang mit einem uralten kulturellen Phänomen, der sog. Schädeltrepanation oder Kraniotomie, wie man heute sagt. Seit 10.000 v. Chr. gibt es künstlich aufgebrochene Schädel, und man weiß bis heute nicht, ob man sie aus religiösen oder aus medizinischen Gründen geöffnet hat. Vielleicht stehen wir hier ja vor einem vergleichbaren Phänomen."

Eine geraume Zeit nachdenklicher Stille setzte ein. Dann sagte Pacelli: „Warten wir also geduldig ab, was die Identifizierung der römischen Leichen ergibt. Vielleicht eröffnen sich uns dann neue, bisher nicht erahnte Perspektiven."

Man konnte den Eindruck gewinnen, dass dies eine Art Schlussbemerkung war. Als sich jedenfalls danach zwei, drei Anwesende erhoben, „um noch den Bus erreichen", war dies das allgemeine Zeichen zum Aufbruch. Dankesworte, Händeschütteln, Küsschen …

Nach einem goldenen Oktobertag war die vorrückende Nacht zwar frisch, aber noch nicht unangenehm kalt. So machte sich der Questore zu Fuß auf den Heimweg. Er hatte ohnehin zu wenig Bewegung, und das führte bei seinen gelegentlich exuberanten Essgewohnheiten zu ernsten Gewichtsproblemen. Überdies wollte er noch ein wenig in Ruhe über die diskutierten Fälle nachdenken. Und das gelang ihm – ganz auf den Spuren der altgriechischen Peripatetiker – am besten im Gehen. Er rief sich das Gehörte in Erinnerung und kam zu dem Schluss: Man konnte die Sache drehen und wenden, wie man wollte, am ehesten leuchtete noch die Erklärung von Pater Di Fonzo ein: Man müsste nochmals überprüfen, ob es sich bei *beiden* Mailänder Morden nicht doch um Racheakte an Kinderschändern handelte. Aber dafür waren andere Kriminalisten zuständig. Gott sei Dank! Nach einer Stunde Weges in seine Wohnung auf der Via delle Botteghe oscure angekommen, wurde er von seinem Papagei „Meister Jakob" ganz wild begrüßt, da dieser fast den ganzen Tag in monastischer Einsamkeit verbracht hatte und jetzt die Gesellschaft seines heißgeliebten Herrchens suchte. Bu-Bu gab ihm zu essen und spielte noch ein wenig mit ihm herum. Dann war wieder einmal ein Tag vorüber.

**

Am folgenden Tag standen im Ufficio die üblichen und wie immer enervierenden quartalsmäßigen Routinearbeiten an: Statistiken über Personal- und Sacheinsatz, Tätigkeitsberichte fürs Innen- und Justizministerium und ähnliche Geschreibsel, die ohnehin niemand las, sondern nur zu den Akten genommen wurden. In Österreich, wusste Bustamante, gab es dafür den schönen Ausdruck „Schubladisieren". Aber wehe!, man fertigte dieses Zeug nicht an! Zwar half ihm bei all dem nach Kräften seine absolut übergewichtige, aber auch absolut übertüchtige Sekretärin Rosalinda, die Seele seines Ufficio. Auch seine engsten Mitarbeiter, Commissario Luccio Rossi, bei den meisten nur unter seinem Vornamen bekannt, und sein persönlicher Assistent Marco Ronconi leisteten ihren Beitrag. Dennoch hatte der Questore die letzte Verantwortung und war so einen Tag lang ständig mit Aktenlesen beschäftigt.

Deshalb war es eine Art Erlösung, als ihn gegen Abend ein Anruf von Monsignore Salvatore Morreni erreichte, der in etwa das vatikanische Gegenstück zum Vicequestore war: Wie dieser in Rechtsangelegenheiten und bei Straftaten die Kontaktstelle vom italienischem Staat zum Vatikan darstellte, so war jener umgekehrt der Verbindungsmann des Vatikans zur italienischen Justiz. Daneben musste er noch die Arbeit verschiedener anderer vatikanischer Behörden koordinieren. Deshalb war er, obwohl kein Bischof, sondern nur „Monsignorino" – „Kleiner Monsignore" – (allerdings mit dem Titel eines Päpstlichen Protonotars), ein mächtiger, einflussreicher Mann, mit dem Bustamante sich sehr gut verstand, um nicht zu sagen: mit dem er befreundet war. Man traf sich regelmäßig nicht nur in beruflichen Angelegenheiten, sondern auch zum Reden „über Gott und die Welt" und zum gemeinsamen Schachspiel mit abschließender „Weinprobe". Als darum Morreni ihn anrief, glaubte Bustamante schon an eine Einladung zu einem gemütlichen gemeinsamen Abend. Aber „nemmeno per sogno!" – „Flötepfeifen!"

„Bu-Bu, bei uns im Vatikan brennt's! Lichterloh sogar! Bitte, kannst du sehr bald, möglichst noch heute Abend, hier vorbeikommen, damit ich dir in Ruhe alles erzählen kann? Oder soll ich in dein Ufficio oder in deine Wohnung kommen?"

„Nein! Ich lasse mich sofort zu dir hinfahren! Bei dir ist es netter und aufgeräumter als bei mir!"

Tatsächlich hatte der Monsignore eine kleine, aber äußerst geschmackvoll eingerichtete Wohnung im obersten Stockwerk der Direktion des Vatikanischen Rundfunks, ganz in der Nähe der Vatikanischen Gärten, am höchsten Punkt des kleinen Kirchenstaates mit herrlichem Ausblick über die päpstlichen Gartenanlagen hinweg auf Rom. Schon allein deswegen lohnte es sich, zu ihm zu fahren.

„Es sind schreckliche Dinge passiert!", begann der Monsignore nach nur kurzer Begrüßung seinen Bericht. „Ich weiß nicht, ob du von den zwei Leichen gehört hast, die man aus dem Tiber gefischt hat. Beide …"

„Stop, ich bin bestens orientiert!"

„Weißt du auch, dass Professor Pacelli mit der Untersuchung der Leichen beauftragt war? Er …"

„Auch darüber bin ich genau informiert, weil er selbst darüber gestern in seinem Club ‚Novità' berichtet hat. Er hat, wie er sagte, der Polizei ein Gutachten angefertigt, das nach nur kurzen Recherchen eigentlich zur eindeutigen Identifikation der Leichen führen müsste."

„Ja, und diese Identifikation ist heute Morgen gelungen. Stell dir vor: Beide Opfer sind Priester, Monsignori sogar, Mitarbeiter bei uns hier im Vatikanstaat bzw. an der römischen Kurie. Aber das ist noch nicht das Schlimmste. Denn nachdem ich von der Identifizierung erfahren habe, bin ich sogleich zum Personalchef des Governatorato des Vatikanstaates gegangen, um in die Personalakten Einblick zu nehmen. Ich kenne nämlich beide Priester nur flüchtig. Im Personalbüro war gerade nur die Sekretärin, Schwester Claudia, anwesend, die mir aus Datenschutzgründen die Akten nicht herausrücken wollte, aber einen etwas verwirrten Eindruck auf mich machte, als ich ihr erzählte, um was es ging. Erst eine halbe Stunde später traf dann der Chef ein, Cavaliere Alfonso di Nobile, der mir sofort volle Akteneinsicht gewährte. Und da stellte sich nun heraus, dass vor gut 14 Tagen am gleichen Tag, denk dir!, am gleichen Tag, aber von zwei verschiedenen Personen, eine Anzeige gegen jeden der beiden ermordeten Priester wegen Kindesmissbrauchs eingegangen war. Schwester Claudia hatte die Anzeigen entgegengenommen und deshalb auf meine Bitte um Akteneinsicht so eigenartig reagiert. Beide aber, sie und der Cavaliere, hatten noch keine Ahnung davon, dass es sich bei den zwei Tiber-Leichen um die angezeigten Priester handelte, sie waren völlig fassungslos."

„Hast du den Personalchef nicht gefragt, wie er auf die Anzeigen gegen Kindesmissbrauch reagiert hat?"

„Natürlich! Er hat sofort beide Monsignori, natürlich separat, zu sich zitiert. Dabei stellte sich dann aber heraus, dass einer der beiden, der Ältere, ein Schweizer Priester namens Jörg Appenhofer, der an der Gehaltsabteilung des Vatikanstaates für die Entlohnung der Kleriker zuständig ist, überhaupt nicht anzutreffen war. Seit fast drei Wochen war er nicht zum Dienst erschienen; Anrufe in seine Wohnung hier im Vatikan sowie zwei Versuche, ihn persönlich aufzusuchen, schlugen fehl. Kurz: er war und blieb verschwunden. Der Personalchef erlitt fast einen Tobsuchtsanfall, denn man hätte ihm den Dienstausfall von Appenhofer schon längst melden müssen. Dann hätte man bereits vor Wochen eine Vermisstenanzeige aufgeben können. Und jetzt das ..."

„Wer hat ihn denn angezeigt?"

„Der Vater des Opfers, ein Schweizer Gardist, der im Vatikan wohnt und in dessen Familie der Monsignore verkehrte."

„Und was war mit dem zweiten Täter?"

„Es handelt sich um einen gewissen Monsignore Vittorio Scarvaglieri, Mitarbeiter an der Ritenkongregation, der zwar nicht mehr wie noch vor einigen Jahren zu den Angestellten des Vatikanstaats gehört, dessen Personalakte aber noch immer hier geführt wird. Als er zum Personalchef geladen wurde, ahnte er wohl schon, um was es ging. Gleich bei der ersten Frage des Cavaliere fing er an, bitterlich zu weinen, gab sofort alles zu und versprach, alles zu tun, was man von ihm verlangen würde: Aufgabe seiner kurialen Funktion und seines priesterlichen Dienstes, Rückzug in ein Kloster usw. Nur bat er darum, ihn nach Möglichkeit nicht der italienischen Justiz für ein Strafverfahren auszuliefern, da dann seine Verwandten alles erfahren und sich zu Tode schämen würden."

„Und wie hat der Cavaliere darauf reagiert?"

„Er wolle sich die Sache überlegen. Auf jeden Fall aber müsse vorher die Anzeige vom Kläger zurückgenommen werden. Doch dann kam ein weiterer Schlag: Als Cavaliere di Nobile ihn nach einigen Tagen zur Klärung offener Fragen abermals in sein Ufficio bat, war Scarvaglieri nicht anzutreffen; er war ab dem Tag nach der Anzeige und seines Gesprächs mit di Nobile auch nicht mehr an seinem Arbeitsplatz in der Ritenkongregation gewesen."

„Wer war denn in seinem Fall der Kläger?"

„Auch das eine merkwürdige Sache: Ein Offizier der Päpstlichen Nobelgarde, ein gewisser Conte Marco Vespucci!

Bustamante kannte sich im verwirrenden System der früheren und heutigen vatikanischen Wach- und Sicherheitsdienste gut aus. Die Nobelgarde war 1801, also noch zur Zeit des alten Kirchenstaats, von Pius VII. als neue päpstliche Leibgarde gegründet worden und rekrutierte sich aus Angehörigen des römischen Adels. Erst Paul VI. löste sie 1970 als Leibgarde auf. Seither leisten einige wenige von ihnen zusammen mit Offizieren der früheren Palatin-Ehrengarde (einer nicht aus Adligen bestehenden früheren Päpstlichen Garde, die gleichfalls durch Paul VI. aufgelöst wurde) nur noch Repräsentationsdienst bei feierlichen Angelegenheiten, wie zum Beispiel bei Besuchen von Staatspräsidenten, Regierungschefs, Außenministern und bei der Übergabe von Beglaubigungsschreiben neuer Botschafter. Mitglied der Nobelgarde zu sein war also eine höchste „noble" Angelegenheit.

„Wie kam es denn, dass ein Offizier der Nobelgarde Anzeige erstattete? War sein eigenes Kind betroffen?"

„Nein! Seine Kinder sind schon erwachsen. Er erstattete die Anzeige im Namen einer jungen Frau, die im Vatikanstaat arbeitet. Aber Genaues weiß ich dazu noch nicht. Ich bin nach diesen Informationen sofort zu Kardinal Urbani gegangen, dem derzeitigen Präsidenten der Päpstlichen Kommission für den Vatikanstaat, um ihn zu informieren und mitzuteilen, dass beide Fälle unverzüglich an die italienische Justiz, also an euch, weitergegeben werden. Der Kardinal war entsetzt und hat mir eindringlich ans Herz gelegt, es dürfe dabei nichts, aber auch gar nichts über den Kindesmissbrauch der Prälaten an die Öffentlichkeit gelangen. Es könne nur darum gehen, den Mord an ihnen aufzuklären."

„Das glaubst du ja wohl selbst nicht!"

„Doch! Aber du weißt, es spielt keine Rolle, wie ich darüber denke. Ich muss dir das so weitergeben, wie er es mir gesagt hat."

„Also …, du kennst mich ja mittlerweile ein wenig. Und du wirst wissen, dass ich mich auf solche Versteck- und Verdrängungsspielchen nicht einlasse. Aber das werde ich dem Kardinal schon selbst sagen. Wenn wir den Fall übernehmen, und das wird uns nach Rechtslage wohl nicht erspart bleiben, müssen zwei Dinge klar sein: Erstens müssen wir das Recht haben, hier im Vatikan zu recherchieren, und zweitens werden wir nichts unter den Teppich kehren."

„Va bene! Aber dann sprich *du* morgen mit dem Kardinal! Ich werde ihm deinen Besuch ankündigen."

„Gut! Und von dir erbitte ich die Adressen all derer, die in diesem Fall oder besser in diesen Fällen im Spiel sind. Bitte, ruf mich deswegen morgen noch vor 8 Uhr 30 an!"

Es war schon spät geworden, und der Questore spürte die Anspannungen des überlangen Tages in immer häufiger auftretenden „Gähn-Anfällen". Trotzdem: Was sein muss, muss sein! Das wusste auch Monsignore Morreni, als er noch zu einem „Schlaftrunk", einem hervorragenden Rotwein, „Brunetto di Montalcino", Jahrgang 2001, einlud. Wie Bu-Bu nachher dann doch noch nach Hause kam, konnte er am nächsten Morgen beim besten Willen nicht mehr sagen. So sehr hatte der Schlaf sein Erinnerungsvermögen mit dem Mantel des Erbarmens überdeckt.

* * *

Ganz anders verhielt es sich mit Sua Eminenza, il Cardinale Angelo Urbani, Presidente della Pontificia Commissione per lo Stato della Città del Vaticano (so sein genauer Titel). Eminenza hatte schlecht, sehr schlecht geschlafen. Skandale im Vatikan, und dazu noch unter seiner Verantwortlichkeit, konnte er nicht ertragen. Er liebte „Mutter Kirche", nicht nur deren „essentials", sondern ihr ganzes Drum und Dran: Er liebte den völlig überflüssigen Vatikanstaat und seine Behörden, er liebte päpstliche Enzykliken und hierarchische Dekrete, so weltfremd sie auch sein mochten, er liebte die immer mehr im eigenen Saft, in sich selbst und um sich selbst schmorenden kurialen Ämter, er liebte das liturgische overdressing, je mehr umso besser, er liebte den päpstlichen Pomp und dessen byzantinisches Hofzeremoniell mit allem traditionellen Klimbim wie Titulaturen und theatralischen Gewändern, Nobelgarde und Schweizer Hellebardisten usw. usw. All das war für ihn unterschiedslos „Mutter Kirche", all das liebte er bedingungslos.

Als ihm Bustamante gemeldet wurde, begrüßte er ihn ebenso überschwänglich wie klerikal-salbungsvoll in seinem wohleingerichteten Büro, welches auch das eines mittleren Managers in einem mittelständischen Betrieb hätte sein können:

„Onorevole Questore, La saluto! Un cordialissimo benvenuto! Ich bin Ihnen ja so dankbar und ganz überwältigt, dass Sie sich selbst herbemühen. Es ist ja auch eine schreckliche Sache! Terribile! Schrecklich, wirklich schrecklich! Wir müssen nur eines tun: den Schaden von unserer Kirche fernhalten!"

„Unsere Kirche"? Wuste der Kardinal nicht, dass er, Bustamante, obwohl früher Priester, schon seit längerem sein Amt aufgegeben und die Kirche verlassen hatte und sich seither als „praktizierender Agnostiker" bezeichnete? Ja, erinnerte er sich nicht mehr daran, dass sie beide vor nunmehr gut 30 Jahren sogar zusammen an der Gregoriana Philosophie und Theologie studiert hatten? Sei's drum!

„Eminenza, wir werden diesen wirklich schrecklichen Fall bzw. diese Fälle übernehmen *müssen*. Aber Voraussetzung dafür ist *erstens* die Möglichkeit, im Vatikanstaat Untersuchungen anzustellen, z.B. in der Wohnung von Monsignore Appenhofer, sowie in Verhören mit einer Reihe von Betroffenen, soweit sie im Vatikan wohnen oder hier tätig sind, und ..."

Der Kardinal unterbrach ihn. „Diese Voraussetzung wird unter der Bedingung gewährt, dass bei Wohnungsdurchsuchungen hier im Vatikan Monsignore Morreni zugegen ist und jederzeit Einspruch erheben kann. Und was ist die zweite Voraussetzung?"

„Die Möglichkeit, den Fall so zu behandeln, wie es sich für einen Rechtsstaat gehört, nämlich mit Offenheit und Transparenz für die Öffentlichkeit."

Der Kardinal schoss förmlich aus seinem wohlgepolsterten Sessel in die Höhe: „Das verbiete ich Ihnen!"

„Eminenza, diese Transparenz können Sie gar nicht verbieten. Denn der Kindesmissbrauch beider Prälaten dürfte mit hoher Wahrscheinlichkeit mit den beiden Morden zusammenhängen. Morde aber haben *wir*, der italienische Staat, aufzuklären. Ebenso das Kapitalverbrechen des Kindesmissbrauchs, das vermutlich hier im Vatikan geschehen ist, das wir aber mit einiger Sicherheit nicht mehr verfolgen werden, da die Täter ja nun tot sind. Ich darf Ihnen vielleicht den Artikel 22 der Lateranverträge in Erinnerung rufen: ‚Auf Ersuchen des Heiligen Stuhles und durch Bevollmächtigung von seiner Seite, die von Fall zu Fall oder für dauernd erteilt werden kann, wird Italien auf seinem Gebiet für die Bestrafung der in der Vatikanstadt begangenen Straftaten sorgen. …‘ Diese Bevollmächtigung ‚auf Dauer‘ ist nun aber per Dekret erteilt worden und gilt so lange, als sie nicht widerrufen wird. Und deshalb werden wir, der italienische Staat, die Verbrechen aufzuklären suchen und zwar auf unsere rechtsstaatliche, transparente Weise."

„Nun tun Sie nur nicht so! Sie wissen doch gut genug, wie korrupt der italienische Staat selbst ist!"

„Aber so weit es an mir liegt, hat Korruption keine Chance, auch wenn die mir von Ihnen, Eminenza, nahegelegt werden sollte."

„Unerhört! Wissen Sie eigentlich, mit wem Sie sprechen?"

„Sehr wohl, Eminenza! Aber Sie kennen vermutlich das Wort: *Amicus Plato, magis amicus veritas* – Platon ist mein Freund, aber mehr noch ist mir die Wahrheit Freund!"

„Ich verstehe Sie nicht und beklage in aller Form Ihre mangelnde Solidarität mit unserer Mutter Kirche, die entsetzlichen

Schaden nimmt, wenn man hört, dass vatikanische Prälaten in abscheuliche Untaten verstrickt sind! Die Dinge dürfen einfach nicht publik werden!"

„Abgesehen davon, dass sie *meine* Mutter nicht ist, glaube ich, dass ich ihr mehr nütze, wenn ich sie zu Ehrlichkeit und Offenheit ermutige und veranlasse. Nichts hat der Kirche in den letzten Jahrhunderten mehr geschadet als fehlende Transparenz, Offenheit und Wahrhaftigkeit. Stattdessen hält sie immer aufs Neue alle „Leichen", von denen es nicht wenige gibt, im Keller versteckt. Und auch wenn Päpste aus der jüngsten Vergangenheit, so z.B. Johannes Paul II., sich für zahlreiche dieser ‚Kellerleichen' entschuldigt haben, waren es nur solche, die schon jahrhundertelang in den Verließen des Vatikans gestunken hatten. Verbrechen, Fehlentscheidungen, Irrtümer, die gegenwärtig geschehen oder noch nicht lange zurückliegen, bleiben immer unangefochten hinter verschlossenen Türen, *müssen* hinter den Türen bleiben. Nein, Eminenza, so geht das nicht. So nicht! Sie schaden sich damit selbst am allermeisten. Und im Übrigen stehen auch die beiden letzten Päpste mit ihrer Forderungen nach Offenheit und Transparenz durchaus auf meiner Seite!"

„Ich weiß, ich weiß, aber da ist immer noch die Kurie, die aufgrund der Weisheit und Erfahrung der in ihr weitergehenden langen, langen Tradition eine etwas andere Auffassung vertritt!"

„Leider, Eminenza, leider!"

Da der Kardinal sah, dass er beim Questore keine Chance hatte, ihn umzustimmen, brach er abrupt die Audienz ab. „Tun Sie, was Sie nicht lassen können! Aber wundern Sie sich nicht, was das gegebenenfalls für Sie an Konsequenzen haben könnte. Schließlich können auch Sie einmal in eine Lage kommen, wo Sie uns bitter notwendig gebrauchen könnten."

Schrecklich!, dachte Bu-Bu bei sich, als er sich auf den Heimweg machte. Damals im Studium schien dieser Angelo Urbani noch ein relativ vernünftiger Mensch gewesen zu sein. Aber dann …? Ihm fiel ein Wort des großen evangelischen Theologen Karl Barth ein: „Wie kommt es eigentlich, dass je mit dem Steigen eines Mannes auf der Leiter kirchlicher Würden, fast immer ein Absteigen seiner theologischen Offenheit, Beweglichkeit und Verantwortlichkeit stattzufinden pflegt". Das hatte auch schon Goethe in einem Gedicht zum Ausdruck gebracht:

„Die Priester vor so vielen Jahren
waren, als wie sie immer waren.
Und wie ein jeder wird zuletzt,
wenn man ihn hat in ein Amt gesetzt. …
Wird er hernach in Mantel und Kragen
in seinem Sessel sich wohlbehagen.
Und ich schwöre bei meinem Leben,
hätte man Sankt Paulen ein Bistum geben:
Polt'rer wär' worden ein fauler Bauch,
wie coeteri confratres auch."

Natürlich hatte Bustamante dieses Goethe-Gedicht nicht selbst im Werk des großen deutschen Klassikers gefunden – so gut Deutsch konnte er auch wieder nicht –, er hatte es vielmehr zufällig im Buch eines älteren deutschen Theologen entdeckt und sich daraus abgeschrieben.

Zu Hause angelangt, reichte es vor Dienstschluss zeitlich gerade noch für drei Telefongespräche. Das erste ging an seine vorgesetzte Dienststelle im Justizministerium. Diese hatte die römische Kriminalpolizei darüber zu informieren, dass nunmehr „sein Ufficio" sowohl die Mord- wie die gegebenenfalls damit verbundenen Missbrauchsfälle übernehmen würde. Im zweiten Anruf bat er den Leiter der römischen Mordkommission dringend darum, ihm Filippo Giollini „auszuleihen“. Fil – wie er genannt wurde – war früher zusammen mit seiner jetzigen Frau Carla als Commissario an der Dienststelle Bustamantes beschäftigt gewesen, war dann aber, weil hier wie überall, Stellen gestrichen wurden, zur „normalen“ römischen Sezione der Kripo übergewechselt, half jedoch immer mal wieder, wenn nötig, aus. Auch diesmal wurde Bustamante die Bitte um Fil erfüllt. Der dritte Anruf ging an seine Sekretärin Rosalinda, die für morgen früh um 9 Uhr das ganze Team einberufen sollte.

Den Rest des Abends verbrachte Bu-Bu zunächst damit, sich nach längerer Zeit mal wieder das zum Abendessen zu bereiten, worauf er unbändigen Appetit hatte: Als sättigende Antipasta gab es einige Scheiben Bruschetta zusammen mit ganz, ganz fein geschnittenem und erstklassigem Olivenöl zubereiteten Tomatensalat. Für den Hauptgang hatte er Zucchiniblüten eingekauft, die er in einen mit nur wenig Mehl verrührten Omelett-Teig tauchte und anschließend frittierte. Dazu aß er eine nur etwa drei bis vier Millimeter dicke Scheibe „Provolone“ (Käse), die nur äußerst leicht angebraten wurde, gerade so lange, bis sie zu fließen begann. Aber nur *begann*! Köstlich! Zum Trinken gab es Frascati Superiore DOC von einer Qualität, die man nur im Direktkauf von Winzern erhält, die einem gut Freund sind.

Nach dem Essen schmökerte er noch ein wenig in neuester Literatur zum Thema Pädophilie herum, steckte in Gedanken die nächsten taktischen Schritte ab und schäkerte dazwischen immer wieder mit Meister Jakob herum, der sich jeden Abend neu über eine Portion Zuwendung und Zärtlichkeit freute, diese aber auch stets ungeduldig zu erwarten schien.

Da Bustamante damit rechnete, angesichts der neuen Fälle eine stressige Zeit vor sich zu haben, setzte er sich zum Tagesabschluss an seine sehr, sehr kleine elektronische Hausorgel und improvisierte meditierend und träumend ein wenig vor sich hin. Plötzlich merkte er, dass er ganz unbewusst nach einem gebrochenen g-moll-Akkord in den Anfang der Kleinen Fuge in g-moll von Johann Sebastian Bach (BWV 578), eines seiner Lieblingsstücke, geraten war. Ihr Thema:

Diese Fuge war für ihn eines der Meisterwerke dieses gewaltigen deutschen Komponisten. Denn sie war schon rein formal in ihrer äußersten Strenge perfekt gearbeitet, ähnlich den Stücken aus der „Kunst der Fuge", so dass sie als Musterbeispiel für die musikalische Form der Fuge überhaupt und als Lehrstück für Kompositionsschüler dienen konnte. Aber da war noch viel mehr: Diese Fuge war nicht „klein", wie Bach sie allein aufgrund ihres geringen Umfangs bezeichnet hatte, sie war in ihrer Qualität „riesengroß". Man konnte sie einerseits spielen und hören wie einen hübschen und gefälligen „Ohrenschmaus", und es gab nicht wenige Organisten, die sie wie ein Salonstück präsentierten. Andererseits aber und mit viel größerem Recht konnte man sie spielen und hören wie einen gewaltigen „Mikrokosmos" oder ein musikalisches „Welttheater", in welchem sich das Drama menschlichen Lebens abspielt: Im gebrochenen g-moll-Akkord des Anfangs mit der selbstsicher aufsteigenden Quinte stellt sich gewissermaßen das selbstbewusste Subjekt, wie es sich in der Neuzeit herausgebildet hat, mit einem entschiedenen „Hier bin ich!" dar, nimmt sich dann aber immer mehr zurück, um den später einsetzenden Stimmen Platz zu machen, ihnen nur noch als Begleitung zu dienen und schließlich fast ganz zu verschwinden oder besser: sich mit den anderen Stimmen zu vereinen und sich in einer Art „versöhnter Verschiedenheit" ganz mit ihnen zu integrieren. Aufstieg und Niedergang, Aufbruch und Zwischenhalt, In-Besitz-Nehmen und Lassen-Können, Ich-Sein und

Mit-andern-Sein – das waren für Bu-Bu die „geistigen Koordinaten" dieses Stücks, das ihn stets neu faszinierte und in seinen Bann schlug.

So setzte Bu-Bu den Anfang der Fuge, in den er dahinträumend völlig unbewusst geraten war – die aufstrebende, selbstsichere Quinte des gebrochenen g-moll Akkords –, ganz bewusst fort und spielte das Stück bis zum Ende. Eine herrliche Fuge! War das nun ein gutes Omen für die vor ihm liegende Arbeit?

Zweites Kapitel
Nichts passt hier zusammen

„… und so müssen wir wohl davon ausgehen, dass die zwei Morde in Mailand, die beiden hier in Rom und die Kindesmissbrauchsfälle der Monsignori irgendwie zusammenhängen. Denn schließlich haben drei von den vier Mordopfern sich mit Sicherheit zugleich auch an Kindern vergangen." Damit schloss Bustamante seinen Informationsbericht vor den engsten Mitarbeitern ab. Und dann konnte er sich nicht enthalten, auch noch anzufügen: „Abgesehen von unserer damaligen Aufdeckung des Papstattentates* könnte das wohl unser spektakulärster Fall werden. Vier grässliche Morde und einige Kindesmissbrauchsfälle und dazu noch von Priestern, die im Vatikan tätig waren: Das regt, wie die Medien zeigen, die Öffentlichkeit unheimlich auf und die Fantasie wahnsinnig an. Liebe Leut' (eine typische Sprachform Bu-Bus), wir müssen also powern!"

Keiner sagte etwas. Denn den letzten Satz hätte der Questore sich ersparen können. Das wussten alle auch von sich aus.

„Gehen wir unsere nächsten Aufgaben durch: Fil, du hast derzeit die beste Verbindung zu den italienischen Squadre omicida. Wir müssen die Mailänder Kripo dazu veranlassen, nochmals peinlichst genau zu überprüfen, ob das dortige zweite Mordopfer nicht doch gleichfalls einen pädophilen Hintergrund hatte. Erst dann würde sich der generelle Zusammenhang von

---

* Siehe R. Carus, Mein Vater, der Papst. Ein Fall für Questore Bustamante, Frankfurt 2006.

Mord und Kindesmissbrauch, der bisher nur zu vermuten ist, auch wirklich voll bestätigen.

Luccio, du machst dich bitte sofort auf den Weg in den Vatikan und gehst zur Wohnung von Monsignore Appenhofer. Ich habe dich Monsignore Morreni schon angekündigt, er wird dich begleiten. Er hat mir übrigens heute Morgen schon die Adressen aller Beteiligten durchgegeben; ich habe sie hier. Geht also bitte zur Wohnung des Prälaten Appenhofer und sucht nach Spuren, die über das Verbleiben dieses Mannes, der vor seiner Ermordung ja völlig verschwunden war, Auskunft geben könnten. Erkundige dich bei den Nachbarn, beim Hausmeister, wo auch immer, wer irgendetwas von diesem Menschen weiß. Nimm auch einen Mann von der Spurensicherung der römischen ‚Squadra' mit. Wir müssen versuchen herauszufinden, ob Appenhofer vor seinem Verschwinden noch Besuch gehabt hat usw. Und vielleicht könntest du, Steve, bei all dem behilflich sein."

Commissario Steve Hopkins war dem Namen nach angelsächsischer Herkunft, aber seit frühester Kindheit naturalisierter Italiener. Da er ein Polyglott war, wurde er an der Dienststelle Bustamante vor allem im Zusammenhang mit internationalen Angelegenheiten eingesetzt.

„Macht euch aber", fügte Bu-Bu hinzu, „sofort auf den Weg! Denn nach meinem Konflikt mit Kardinal Urbani ist es durchaus möglich, dass er uns nachträglich wieder die Erlaubnis entzieht, im Vatikan recherchieren zu dürfen. Deswegen gehe auch ich zusammen mit Marco gleich los, um schnell die wichtigsten Gespräche zu führen. Und du, Rosalinda, könntest, wenn du Zeit hast, mal versuchen, übers Internet herauszubekommen, in welcher Diözese Monsignore Vittorio Scarvaglieri als Priester inkardiniert und vor seiner römischen Tätigkeit im pastoralen Einsatz war. Vielleicht hat sich seine pädophile Veranlagung ja auch bereits früher gezeigt."

Alle brachen sofort auf, nicht ohne vorher jedoch durchs Fenster zu schauen und angesichts des wunderbaren Oktobertages, der sich ihnen da präsentierte, zu beschließen, die Aufträge zu Fuß zu erledigen. Schließlich war es ja vom „Palazzo della Giustizia" bis zur Porta di Sant'Anna am Vatikan nicht sehr weit.

„Morgen um die gleiche Zeit ist hier wieder Dienstbesprechung!", rief Bu-Bu als Letztes.

***

Während Fil sich auf den Weg zu seiner normalen Dienststelle, der „Questura di Roma" auf der Via S. Vitale, machte, um von dort aus die Mailänder Kollegen zu kontaktieren, gingen die übrigen, natürlich mit Ausnahme von Rosalinda, zunächst noch gemeinsam bis zur Porta di Sant'Anna. Danach trennte man sich: Luccio und Steve machten sich zur Wohnung von Monsignore Appenhofer auf, Bu-Bu und sein Assistent gingen zunächst zur Personalabteilung des Vatikanstaates, um sich durch Cavaliere di Nobile nochmals ganz kurz die Fakten bestätigen zu lassen, die man bisher nur durch Monsignore Morreni kannte. Dann begaben sie sich zur Wachstube der Schweizer Garde und erkundigten sich, ob und wenn ja, wo der Feldweibel Kurt Auf der Maur – so hieß der Vater des von Appenhofer angeblich missbrauchten Kindes – gerade Dienst hatte. Da dies nicht der Fall war, versuchten sie, ihn gleich in seiner Wohnung anzutreffen.

Die meisten Gardisten wohnen außerhalb des Vatikanstaates; doch gab es in den letzten Jahren einige wenige Wohnungen für sie im Vatikan selbst, vor allem für Familien mit Kindern und für höhere Chargen. Als Feldweibel gehörte Auf der Maur zwar nur zur untersten Stufe der Offiziere, hatte aber das Glück, dass bei Dienstantritt gerade eine Etagenwohnung im Kirchenstaat frei stand und ihm, da er verheiratet war und ein Kind hatte, zur Verfügung gestellt wurde.

Der Feldweibel öffnete ihnen selbst. „Grüezi!" Bu-Bu wies sich aus, stellte sich und seinen Assistenten vor und bat um ein Gespräch über Monsignore Appenhofer. Kaum war dieser Name ausgesprochen, fuchtelte der Gardist mit seinen Armen herum und schrie: „Dieses Schwein!" Er trat von einem Fuß auf den andern und wurde puterrot. Offenbar war er ein äußerst „iraszibler Typ". Bu-Bu sagte nichts, bis sie eingeladen wurden, Platz zu nehmen. Dann:

„Wissen Sie schon, dass der Monsignore tot ist?"

„Nein! Aber wunderbar! Gott sei Dank! Was ist denn passiert? Ein Unfall?"

„Er ist ermordet worden! Und deswegen ermitteln wir."

„Do lueget her! Bravo! Bravissimo! Da wird er wohl noch andere Schweinereien begangen haben, und einer hatte den Mut, endgültig mit ihm Schluss zu machen."

„Bitte, erzählen Sie doch einmal von Ihrem Verhältnis zum Monsignore, wie es dazu gekommen ist und was da mit Ihrem Sohn war!"

Der Gardist, offenbar ein gebürtiger Berner und deswegen nicht gerade mit einer schnellen Zunge begabt, zündete sich erst umständlich eine schwarze Virginia an, eine von den bekannten Brissago-Zigarillos, die wahre Sargnägel sind. Dann berichtete er mit gutturalem Schweizer Akzent mindestens ebenso umständlich wie auch immer wieder mit zornigen Interjektionen unterbrechend, von seiner Bekanntschaft mit Jörg Appenhofer, dem er als Militärpfarrer bereits in seiner Rekrutenzeit in der Schweizer Armee begegnet war. Als der Gardist sich mit seiner Familie im Vatikan niederließ und seinen alten Bekannten wiedertraf, wurde dieser immer mehr zum Hausfreund der Familie Auf der Maur; mindestens einmal in der Woche schaute er zu einem kleineren oder größeren Besuch vorbei. Solange Benedikt, das einzige Söhnlein, noch ein Kind war, legte Appenhofer kein sonderliches Interesse für ihn an den Tag. Das änderte sich, als Benedikt in die Pubertät kam, d.h. als das ziemlich frühreife Kind so an die 12, 13 Jahre alt wurde.

Die beiden letzten Sätze ließen Bustamante vermuten, dass der Monsignore vermutlich nicht im strengen Sinn pädophil, sondern eher ephebophil war, jemand, der auf junge Männer stand.

Der Gardist erzählte weiter: „Immer öfter lud dieser Scheißkerl von Appenhofer unsern Benedikt zu gemeinsamen Ausflügen ein, im Sommer vor allem zum Baden ans Meer. Und da ist es in diesem Sommer dann auch wohl zum ersten Mal passiert, dass dieser verdammte Hund meinem Sohn eingeredet hat, um wirklich Mann zu werden und zu sein, müsse man auch mal mit einem Mann …, na, Sie wissen schon. Benedikt erzählte davon nichts, wurde aber in seinem Auftreten immer verschlossener und unsicherer. Wir dachten, das hing insgesamt mit der Pubertät zusammen. Aber er hatte auch keine große Freude mehr daran, mit diesem Schwein was zu unternehmen."

An einem der letzten Septembertage, so ging der Bericht des Feldweibels weiter, habe ihm der mittlerweile knapp vierzehnjährige Benedikt beim Frühstück verlegen und zögernd einen Zettel hingeschoben und sei dann sofort wie in Panik weggelaufen.

„Warten Sie, ich habe den Zettel noch irgendwo hier. Warten Sie! Ah, da ist er!"

Bustamante las: „Lieber Papa, liebe Mama, ich halte es nicht mehr aus. Der Jörg will mit mir Sexspiele machen. Bitte, seid mir nicht böse!"

„Ich bin dann sofort dem Jungen nachgerannt, hab ihn ganz fest in meine Arme geschlossen und gesagt, dass niemand ihm einen Vorwurf macht und dass wir ihn ganz lieb haben und froh sind, dass er uns die Sache mitgeteilt hat. Er hat dann Einzelheiten erzählt …"

Kurz gesagt, bestand der Auslöser für den Zettel darin, dass der Monsignore den Jungen aufgefordert hatte – der Feldweibel druckste herum – „eh, nun also, eh ... wie man halt so sagt, ihm ‚einen zu blasen‘". Diese Aufforderung verband Appenhofer noch mit der Bemerkung, schließlich sei das schon bei den großen griechischen Philosophen nicht anders gewesen. Auch bei Sokrates und Platon hätten die von ihnen bevorzugten Knaben solche Praktiken ausgeübt. Voll Ekel und Scham rannte Benedikt fort und schrieb einige Tage später den gerade erwähnten Zettel an seine Eltern. Der Vater tobte nur so über den ‚Hausfreund‘, der sein Vertrauen total missbraucht hatte. Er wollte sogleich zu dessen Wohnung laufen, um ihn zu verprügeln, ließ sich aber von seiner Frau klarmachen, dass er in dieser tobsuchtsähnlichen Stimmung Gefahr liefe, den Schänder buchstäblich tot zu schlagen. So hielt er sich mit Mühe zurück. Als dann aber am Nachmittag Appenhofer, so als sei nichts geschehen, wieder zu Besuch kam, gingen dem Gardisten die Sicherungen durch. Er trommelte mit seinen Fäusten auf den Monsignore ein und schlug ihn, von entsprechenden Schimpfworten begleitet, blau und blutig, so dass dieser kaum mehr gehen und sich nur mit äußerster Mühe nach Hause schleppen konnte.

„Haben Sie ihn dann nochmals gesehen?", fragte der Questore.

„Ja! Am folgenden Tag bin ich zu ihm gegangen und habe ihm gesagt, wenn er sich nicht selbst umgehend wegen Kindesmissbrauchs anzeigen würde, könnte er sein blaues Wunder erleben."

„Und wie hat er reagiert?"

„Er hat nichts gesagt, sondern nur die Tür zugeknallt. Er hatte mich auch gar nicht erst in die Wohnung hineingelassen."

„Und haben Sie ihn dann noch ein weiteres Mal gesehen oder etwas von ihm oder über ihn gehört? Oder haben Sie eine Ahnung oder einen Verdacht, wer ihn hätte umbringen können?"

„Nein, dazu kann ich gar nichts sagen!"

„Aber Sie sind sich ja wohl dessen bewusst, dass Sie selbst ein starkes Motiv für einen Mord hätten!?"

Mittlerweile war Frau Auf der Maur von ihren Einkäufen zurückgekommen; sie hatte sich stumm zu ihnen gesetzt und war von Marco im Flüsterton über die Ermordung Appenhofers informiert worden.

„Nachdem der Monsignore tot ist", bemerkte Bustamante, „ermitteln wir nicht mehr in Sachen Kindesmissbrauch, sondern nur noch wegen seiner Ermordung. Doch sollte ich mal wenigstens Ihren Sohn kurz kennenlernen. Sie brauchen aber keine Sorge zu haben, dass ich ihn auf das Geschehene hin anspreche."

Benedikt war noch nicht lange von der Schule heimgekehrt, ein wirklich hübscher Junge, groß, schlank mit dunkelbraunem, ganz leicht gelocktem Haar, offenen, leuchtenden Augen und insgesamt älter aussehend, als er tatsächlich war. Bu-Bu begrüßte ihn kurz und sagte ihm, dass Monsignore Appenhofer ermordet worden sei und dass es jetzt nur gelte, diesen Mord aufzuklären, nicht aber dem nachzugehen, was da zwischen ihm und Benedikt gewesen sei. Der Jungen errötete leicht und schaute starr und verlegen ins Weite.

„Nun schau nicht so drein, als ob du einen Pickel auf der Nase hättest", witzelte der Questore locker.

Benedikt ging, offenbar ohne zu denken, mit dem rechten Zeigefinger an seine Nase. Bustamante lachte. „Nein, du sollst nur nicht so dreinblicken. Es ist alles okay!"

Dann erhob er sich und mit ihm Marco. „Wenn sich bei uns weitere Fragen ergeben, werden wir nochmals vorsprechen müssen. Bis dahin: Arrivederci!"

Er schickte sich an zu gehen, hielt aber sogleich wieder inne und wandte sich nochmals um: „Halt! Doch noch eine Frage: Kennen Sie Frau Michaela Cherubini, die Pächterin der Tankstelle?"

Bei dieser Person handelte es sich, wie Monsignore Morreni ihm heute Morgen mitgeteilt hatte, um die Mutter des Kindes, das angeblich von Monsignore Vittorio Scarvaglieri missbraucht worden war.

„Ich kenne sie nur flüchtig vom Tanken her."

„Haben Sie mit ihr je über Kindesmissbrauch gesprochen?"

„Nein, sicher nicht!"

„Und kennen Sie den Conte Marco Vespucci?"

„Nur sehr oberflächlich von großen Papstfeierlichkeiten und diplomatischen Empfängen her; wir haben oft Repräsentationsdienst miteinander gemacht, wie das halt so unser Job ist."

„Dann also nochmals: Ciaò!"

Ein Motiv, den Monsignore umzubringen, hätte er ja," meinte Marco, als sie das Haus verlassen hatten.

Bustamante nickte. „Schauen wir uns erst mal den anderen Fall an!"

***

Michaela Cherubini war alleinerziehende Mutter. Nach dem Tod ihres Mannes vor vier Jahren, kurz nach der Geburt ihres einziges Kindes, eines Mädchens namens Elena, hatte sie den Betrieb der großen öffentlichen Vatikan-Tankstelle nahe dem Supermarkt Annona weitergeführt. Auch darüber war Bustamante bereits am Morgen durch Monsignore Morreni telefonisch informiert worden. Gelegentlich half ihr ein junger Mann, der sich durch diese Teilzeitbeschäftigung sein Jura-Studium finanzierte. Die meiste Zeit aber hatte Frau Cherubini selbst die Tankstelle zu managen, während sich ihr Kind bei ihr zum Spielen im Kassenraum aufhielt. Der Questore und sein Assistent hatten Glück: Es war gerade der junge Mann zur Mithilfe da. So konnten sie in Ruhe allein mit der Mutter sprechen, während Elena draußen mit einem Ball herumtollte.

„Er ist ein sehr, sehr lieber, äußerst freundlicher Mann", sagte die Signora, als Bustamante den Namen von Monsignore Scarvaglieri verlauten ließ. Und da sie hörte, er sei tot, ja sogar ermordet, begann sie heftig zu schluchzen und konnte sich kaum wieder beruhigen.

„Wie kam es denn zur Anzeige gegen den Monsignore durch diesen Offizier der Nobelgarde, den Conte Marco Vespucci?"

„Ach, das ist eine üble Sache!"

Die Signora erzählte sodann, dass der Monsignore, wenn er zur Tankstelle kam, sehr lieb zu ihrem Töchterchen war, ihr kleine Geschenke mitbrachte und mit ihr gelegentlich – natürlich mit ihrer ausdrücklichen Erlaubnis und Billigung – spazieren fuhr.

„Elena war immer ganz begeistert von ihm. Übrigens war auch der Conte sehr nett zu ihr. Auch er brachte ihr manchmal einige Kleinigkeiten mit und fuhr mit ihr im Wagen herum. Ich war unendlich froh, dass Elena diese Möglichkeiten bekam, wo ich selbst hier doch so gebunden bin."

Dann aber – erzählte sie weiter – geschah vor etwa zwei Wochen Folgendes: Der Conte habe Elena zu sich mit nach Hause genommen. Und weil er eine neue Digitalkamera gekauft hatte, fragte er sie, ob er sie mal fotografieren dürfe. Darauf muss Elena wohl geantwortet haben: ,Soll ich mich dafür ausziehen, wie bei Onkel Vittorio?' Der Conte war, wie er sagte, ganz konsterniert und habe weiter nachgefragt und dabei herausbekommen, dass der Monsignore die Kleine am Meer immer als ,Nackedei' fotografiert und sie bei dieser Gelegenheit auch am Po und am Geschlecht gestreichelt hatte.

„Elena hat mir immer ganz unbefangen davon erzählt, dass der Onkel Vittorio von ihr Fotos gemacht hatte. Ich bin aber nie auf die Idee gekommen, dahinter etwas Schlimmes zu vermuten und deswegen weiter nachzufragen. Elena war jedenfalls nie eingeschüchtert oder durcheinander oder sonstwie verändert. Sie mochte den Monsignore sehr, eigentlich viel mehr als den Conte, den sie auch nie mit Onkel ansprach. Als ich von dem Ganzen erfuhr, habe ich ganz vorsichtig gefragt, ob Onkel Vittorio ihr vielleicht mal weh getan habe. Aber Elena verstand die Frage gar nicht. Nein, der Onkel sei immer, immer sehr, sehr lieb zu ihr."

Offenbar ein typisch pädophiler Softie, dieser Monsignore!, dachte der Questore bei sich, ein Typ, der einerseits Kinder wirklich lieb hat und ihnen nie weh tun würde, der sich andererseits aber sofort aufgeilt, wenn er es mit Kindern zu tun bekommt, ohne vielleicht zu wissen oder zu ahnen, dass er sie durch mangelnde Distanz und sexuelle Zärtlichkeiten auf Dauer so belastet, dass ihr künftiges Leben korrumpiert und ihre Seele krank wird.

„Wie reagierte der Conte?"

„Er kam sofort zu mir, war ganz außer sich und befahl mir, den Monsignore wegen Kindesmissbrauchs unverzüglich anzuzeigen. Ich wusste nicht recht, was ich tun sollte; ich war damals auch gerade schrecklich überarbeitet und konnte gar nicht in Ruhe nachdenken. Ich habe ihn dann zunächst weggeschickt. Von mir aus hätte ich den Monsignore wohl nicht angezeigt, sondern nur ein ernstes Gespräch mit ihm geführt. Aber der Conte kam am folgenden Tag wieder und bedrängte mich: Monsignore Scarvaglieri sei eine Gefahr nicht nur für Elena, sondern für alle Kinder hier. Ich müsse unbedingt meine Pflicht tun. Wissen Sie – ganz ehrlich! –, ich hatte den Eindruck, dass es dem Conte nicht nur um Elena und die anderen Kinder ging, sondern dass er ganz einfach auch eifersüchtig auf den Monsignore war, weil Elena den mehr mochte als ihn. Schließlich habe ich gesagt, er solle doch selbst die Anzeige machen, er könne von mir aus schreiben: ‚mit meinem Wissen'."

„Wem haben Sie sonst noch davon erzählt, dass gegen den Monsignore ein Verdacht wegen Kindesmissbrauchs vorliegt?"

„Meinem Bruder hier in Rom!"

„Und was hat der gesagt?"

„Er hat getobt und geschrien und gemeint, wenn er könne, würde er diesen Menschen durch den Fleischwolf drehen." Sie hielt einen Augenblick inne und fügte dann hinzu: „Sie müssen nämlich wissen: er ist Metzgermeister und konnte schon als Kind seine Wut nie beherrschen."

Bei diesen Worten hatte der Questore plötzlich die grässlich zugerichteten Köpfe der Ermordeten vor Augen. Gab es hier eine Verbindung? Er ließ sich die Adresse des Bruders geben. Dann warfen beide, er und Marco, noch einen Blick auf die ganz unbefangen und fröhlich spielende Elena, ohne sie jedoch zu begrüßen oder zu befragen. Zum Schluss noch ein paar freundliche und tröstende Worte an die Mutter, und dann machten sie sich auf den Weg zur Kantine im „Palazzo della Giustizia". Denn mittlerweile war es Mittag geworden; jetzt durfte man gemäß dem „heiligen Gesetz der Siesta" niemanden mehr stören.

*＊＊

Der erste Besuch nach der Siesta, gegen 16 Uhr, galt dem Bruder von Frau Cherubini, einem gewissen Carlo Baiocchi, der unweit des Vatikans auf der Via Ottaviano in der Nähe der Metro-Station sein Geschäft hatte. Ein Hüne von Gestalt und überschäumend in seinen Gesten und Worten, begrüßte er sie freundlich. Offenbar war er durch seine Schwester schon „vorgewarnt" und wusste, um was es ging. Bustamante kam gleich zur Sache:

„Ihre Schwester gab uns Ihre Äußerung wieder, Sie würden Monsignore Scarvaglieri am liebsten durch den Fleischwolf drehen. Wie ernst war das gemeint?"

„Ach, irgendwie schon ernst! Ich finde das Ganze schrecklich, abscheulich, widerlich und denke, wer sich an Kindern vergreift, sollte von dieser Erde verabschiedet werden. Aber natürlich war der Ausdruck nicht wortwörtlich gemeint."

„Haben Sie denn einen großen Fleischwolf?"

„Sogar mehrere! Denn das hier ist nur mein Hauptgeschäft. Ich habe viele Filialen in Rom und stelle für sie alle die Wurst selbst her."

„Ich möchte gern mal einen Blick in Ihre Wurstküche werfen."

„Aber Sie glauben doch nicht im Ernst, ich hätte den Monsignore umgebracht?!"

„Lassen Sie uns ganz einfach mal einen Blick in Ihre Wurstküche werfen."

Die Wurstküche war in der Tat ein Riesenbetrieb, in dem eine Reihe von Angestellten bei der Arbeit war. Baiocchi zeigte ihnen auf Wunsch den größten Fleischwolf.

„Kann man damit auch Knochen zerkleinern?"

„O ja, dieser Fleischwolf hat eine integrierte Knochenmühle, mit der wir alles so klein kriegen können, wie wir wollen und wie wir das vorher einstellen. Das kann so weit gehen, dass nachher von Knochen nichts, gar nichts mehr zu merken ist."

Der Questore musste an das Opfer in Mailand denken, das mittels seiner Zahnbrücke identifiziert worden war. Deshalb fragte er:

„Was passiert eigentlich, wenn z.B. ein Stück Metall in den Fleischwolf gerät, aus Versehen natürlich, wenn etwa ein Rind einen Nagel verschluckt hatte und der sich noch im Magen befand?"

„Dann stoppt die Maschine. Man kann versuchen, das Hindernis zu finden und herauszunehmen, oder man stellt die Maschine auf ‚ganz grob‘ ein. Dann werden nur die allergrößten Stücke zerkleinert, und alles übrige bleibt, wie es ist, und fällt so dann aus der Maschine heraus."

Der Questore überlegte blitzschnell: Sollte hier die Lösung zu finden sein? Aber das würde bedeuten, erstens: man hätte den Kopf vorher vom Rumpf abtrennen müssen, um ihn in den Fleischwolf zu werfen. Ob sich das nachweisen ließe? Zweitens müssten die grässlichen Überreste des Kopfes einigermaßen gleichmäßig zerteilt sein, weil ja alles durch die gleiche, jeweils am Anfang des Verfahrens eingestellte Größe des Zerkleinerungswerks gegangen war. Über beides musste er vor möglichen weiteren Untersuchungen noch mit Professor Pacelli sprechen.

„Haben Sie einen Lieferwagen?"

„Einen? Viele sogar. Warum?"

„Schauen Sie, wir müssen jeder Spur nachgehen. Und natürlich kämen Sie angesichts Ihrer Morddrohung und der Möglichkeiten, die Sie hier haben, als Täter in Betracht."

Der Metzgermeister rastete aus, wie seine Schwester schon zuvor angedeutet hatte. Er schrie und tobte und gestikulierte mit Händen und Füßen herum, viel schlimmer noch als der Feldweibel. Wie könne man bei ihm, einem unbescholtenen Bürger, überhaupt auf solche Gedanken kommen? Bu-Bu und Marco ließen das Spektakel, das Baiocchi da aufführte, völlig ungerührt über sich ergehen. Als wieder ein wenig Ruhe eingekehrt war, fragte der Questore:

„Kennen Sie zufällig den Feldweibel Auf der Maur von der Schweizer Garde?"

„Ja, seine Frau kommt regelmäßig hier zum Einkaufen, und gelegentlich begleitet er sie oder kommt auch schon mal allein zum Einkaufen."

„Haben Sie mit ihm jemals über den Kindesmissbrauch gesprochen?"

„Nein!"

Vielleicht kam dieses Nein ein wenig zu abrupt, dachte der Questore. Dann verabschiedete er sich: „Wenn wir noch Fragen haben, kommen wir wieder vorbei! Bis dahin!"

Diesmal ersparte Marco sich die Bemerkung: Ein Motiv, den Monsignore umzubringen, hätte er ja! Stattdessen war es Bustamante, der die Stille unterbrach: „Es muss ja nicht unbedingt der Fleischwolf gewesen sein. Hast du all die Folterinstrumente in der Wurstküche gesehen: Hackbeile, Messer, Sägen? Damit könnte man einen Kopf ganz schön herrichten. Und dann kannte er auch den Feldweibel." Nach einer längeren Pause fügte er noch an: „Eine konzertierte Aktion von beiden Seiten her wäre also denkbar. Aber was ist dann mit den Mailänder Opfern?"

***

Für den Weg zum Conte Vespucci nahmen beide Kriminalisten zunächst die Metro von Ottaviano bis Spagna. Von dort war es noch ein gutes Stück Weg bis zur Via dei Greci, wo die Verspuccis, ein zwar altes, aber mittlerweile verarmtes römisches Adelsgeschlecht, ihren seit Jahrzehnten nicht mehr aufpolierten Palazzo hatten. Eine etwas schlampige Domestica öffnete die Tür, von der bereits die größten Flächen der Lackschicht abgesplittert waren. Nein, der Signor Conte sei nicht zu Hause!

„Dann melden Sie uns bitte bei der Signora Contessa!"

Eine verhärmt wirkende Matrone empfing sie in einem Salon, der den Charme einer schon längst verblichenen Eleganz ausstrahlte. Ihr Mann habe gerade das Haus verlassen, um sich einen „Corriere della Sera" zu kaufen. Er käme sehr bald zurück.

„Sie haben gewiss von der Affäre mit Monsignore Scarvaglieri gehört. Was sagen Sie dazu?"

„Ach, das ist alles so, so ...", sie rang nach Worten, „so undurchdringlich, schwer verstehbar und zugleich uns so nahe!"

„So nahe?"

„Wissen Sie, Elena ist ein reizendes Kind. Sie war oft bei uns, man kann sagen, mein Mann war richtig in sie ... ja, man muss schon sagen: verknallt. Wir haben keine eigenen Enkel, und Elena könnte unser Enkelkind sein. Und wohl deshalb hat mein Mann sich viel mit ihr abgegeben, ist mit ihr spazieren gefahren und hat mit ihr gespielt. Und manchmal, ich sage es offen, hatte ich Angst, er ginge zu weit. Die Zeitungen sind ja seit Jahren so voll von Berichten über Pädophilie und dergleichen, und ich habe mich gelegentlich gefragt: ‚Hat mein Mann vielleicht auch so eine Veranlagung?‘ Aber ich bin ganz, ganz sicher, absolut sicher, dass da in dieser Richtung nichts Unrechtes passiert ist. Und doch ist das Ganze uns dadurch irgendwie nahe gerückt. Ich weiß nicht, ob Sie das verstehen können. Vielleicht ist das, was geschehen ist, auch eine Warnung an meinen Gatten, es nie so weit kommen zu lassen.“

Der Conte kam zurück und begrüßte die beiden Besucher. Auch er war schon von Signora Cherubini benachrichtigt worden, dass da eine Untersuchung im Gange sei.

„Ich kann Ihnen da nicht weiterhelfen. Für mich ist das Verhalten von Monsignore Scarvaglieri ein Rätsel, ebenso der Mord an ihm. Wer tut denn so was?“

„Haben Sie den Monsignore näher gekannt?“

„Nein, immer nur in Verbindung mit Frau Cherubini und ihrem Töchterchen. Ich hatte aber schon lange ein ungutes Gefühl, weil er sich viel zu viel mit Elena befasste.“

„Kennen Sie den Feldweibel Auf der Maur von der Schweizer Garde?“

„Nur ganz flüchtig von gemeinsamen Auftritten her.“

„Haben Sie mit ihm mal über Kindesmissbrauch gesprochen?“

„Nein!“ Der Conte wirkte bei dieser Antwort etwas unruhig.

„Sicher nicht?“

„Nein! Hat er denn einen Jungen, mit dem der Monsignore auch was angestellt hat?“

„Wie kommen Sie darauf, dass es ein Junge und kein Mädchen war?“

Der Conte zuckte mit den Achseln, sagte aber nichts.

Bustamante: „Wohnen Sie allein in diesem Palazzo?"

„Ja! Zwar ist er viel zu groß für uns. Viele Zimmer stehen ganz leer. Aber wir wollten ihn demnächst unseren beiden Kindern und ihren Familien übergeben."

Marco mischte sich ein: „Ist Ihnen Monsignore Appenhofer bekannt?"

„Ich habe ihn, glaub ich, mal beim Tanken kennengelernt."

Bustamante erhob sich und gab damit auch Marco das Zeichen zum Aufbruch. „Wenn wir noch Fragen haben, werden wir uns wieder an Sie wenden. Bis dahin: Arriverderla, illustrissima Signora Contessa! Arrivederla, Vostra Signoria illustrissima Conte Verspucci!" Der Abschiedsgruß war zwar etwas, nein, er war total überzogen. Aber manchmal war es schön, sich in veralteten Höflichkeitsformen zu bewegen. Doch das konnten die Österreicher noch besser als die Italiener.

Der Anbruch des Abends stand schon bevor. Aber Bustamante wollte unbedingt noch einen Blick in die Wohnung von Monsignore Scarvaglieri werfen, ob sich da etwa Hinweise auf das, was seiner Ermordung vorausging, finden ließen. Der Kuriale hatte seine Wohnung in der Nähe von S. Andrea della Valle in einem hochherrschaftlichen Haus, welches dem Opus Dei gehörte, das immer eine Reihe von Wohnungen an Inhaber höherer kirchlicher Stellen vermietete. Sie nahmen ein Taxi. Schon von weitem erkannten sie das Auto von Fil vor dem Haupteingang des Palazzos. Fil hatte bereits selbst die Initiative ergriffen, nachdem seine Verhandlungen mit der Mailänder Polizei schon nach einem kurzen Wortwechsel beendet waren:

Nein, es sei völlig absurd, nochmals der Frage nachzugehen, ob man auch bei dem zweiten Mordopfer einen pädophilen Hintergrund ausmachen könne. Man habe das damals gründlichst, absolut gründlichst untersucht und keinerlei Hinweise gefunden. Wie könne man jetzt nach so langer Zeit noch Neues finden? Nein, man sei nicht bereit, nochmals neu mit den Untersuchungen anzufangen.

„Naja", bemerkte der Questore, „keine Hinweise finden heißt ja noch nicht unbedingt, dass die Sache sich nicht doch so verhält!"

Fil hatte bereits mithilfe des Erkennungsdienstes der römischen Squadra omicida die Wohnung von Monsignore Scarvaglieri auf den Kopf gestellt. Nichts wies darauf hin, dass man bei ihm eingedrungen war oder Gewalt angewendet hatte, dass er vor seinem Verschwinden Besuch gehabt oder eine Reise vorbereitet hatte. Es stand kein Gepäck herum, der Pass befand sich bei den persönlichen Papieren, der Kühlschrank war wohlgefüllt mit Vorräten, die mittlerweile freilich am Schimmeln oder Faulen waren.

Interessant war jedoch das persönliche Tagebuch des Prälaten, das auf seinem Nachttisch lag und von dem Fil nur die letzten Eintragungen gelesen hatte. Er machte Bu-Bu auf die letzte Bemerkung, die sieben Tage vor seinem Auffinden im Tiber geschrieben war, aufmerksam. Sie lautete: „Hoffentlich geht das Gespräch heute Abend gut aus!"

Was war da wohl für ein Gespräch gemeint? Offenbar war er ganz freiwillig zu diesem Gespräch gegangen und vielleicht schon davon gar nicht mehr zurückgekehrt. Jedenfalls gab es danach keine weiteren Tagebucheintragungen mehr. Mal sehen, was die Durchsicht des ganzen Tagebuchs bringen würde!

„Also, bis morgen um 9 Uhr!", verabschiedete er sich von seinen Mitarbeitern.

Zu Hause bereitete er sich wie immer, wenn es schnell gehen sollte, eine „Pasta aglio e olio", die er wie auch „Meister Jakob" über alles liebte und die er jetzt zusammen mit seinem Papagei nur so herunterschlang. Dazu ein, zwei, drei Gläser – oder sollten es gar vier gewesen sein? – eines eher billigen, drei Jahre alten Chianti DOC, der ihm mal geschenkt worden war. Dann legte er sich pappsatt und ein wenig vom Wein ermüdet aufs Sofa und hielt Rückblick auf die zahlreichen Gespräche des Tages. Da gab es zwar manche Hinweise und mögliche Perspektiven, aber Ordnung ließ sich in das Ganze nicht bringen. Irgendwie passte da nichts zusammen: die beiden Morde in Mailand und die beiden in Rom, der Missbrauchsfall mit Benedikt und der mit Elena, die Morde selbst und die merkwürdigen Vorbereitungen (Injektion von Barbituraten) und Folgen (Zerstörung der Köpfe). Und bei all dem keine wirklich überzeugende Spur. Als Bu-Bu am Morgen, frühzeitig wie immer, erwachte, fand er sich noch auf seinem Sofa in voller Bekleidung vor. Der Schlaf hatte sein Werk gründlich getan.

***

Bereits gegen 8 Uhr rief Monsignore Morreni an: Gestern Abend habe er noch spät einen Anruf vom Kardinalstaatssekretär erhalten: Er möchte den Onorevole Questore zu einem kurzen Gespräch treffen. Ob dieser ihn beehren könne? Er, Salvatore, möge gleichfalls zugegen sein.

Bustamante ahnte schon, was das bedeuten würde, und winkte gleich ab. Heute werde er wohl kaum dazu kommen. Kaum! Aber wenn doch, dann erst gegen Abend. Morgen jedoch ganz gewiss. Er werde ihm, Salvatore, rechtzeitig Bescheid geben.

Sodann begab er sich zur Dienstbesprechung in sein Ufficio. Er ging diesmal zu Fuß. Zwar stand ihm jederzeit ein Dienstwagen mit Fahrer zur Verfügung, aber wenigstens einmal am Tag nahm er für die Strecke zwischen Via delle Botteghe oscure und „Palazzo della Giustizia" keine Verkehrsmittel, allein schon um der Bewegung willen, damit sein Corpus nicht vollends der perfektesten mathematischen Figur, nämlich der Kugel, ähnlich werde. Unterwegs konnte er in seiner bevorzugten Bar – einem winzigen, dunklen Raum mit dem hochtrabenden Namen „Bar internazionale" – einen Cappuccino und ein Cornetto zu sich nehmen, darauf langsam über die von ihm heiß geliebte Piazza Navona schlendern und hinter ihr im Gewirr von engen, winkligen Gassen mit diesem oder jenem „Romano di Roma" eine chiacchieratina, ein kleines Schwätzchen, halten, natürlich in „Romanesco", im römischen Dialekt. Die Leute, die hier lebten und arbeiteten, beherrschten ihn noch. Bustamente gefiel es, wie man in dieser alten Form des Italienischen das „l" vermied und stattdessen ein „r" einsetzte. So wurde aus „soldato" (Soldat) „sordato" oder aus „altro" (ein anderer) „antro" bzw. auch „artro" und aus dem Artikel „il" (z.B. il sole – die Sonne) ein „er" (er zole). Noch lustiger klang es, wenn man, falls eben möglich, die letzte Silbe eines Wortes, besonders einer Anrede, fallen ließ und so aus „Professore" einen „Professò" und aus dem „Cupolone" (der großen Kuppel des Petersdomes) „er Cupolò" machte. Manchmal ging Bu-Bu auch in die Deutsche Nationalkirche Santa Maria dell'Anima, weil er vor dem Grab des von ihm hochverehrten Papstes Hadrian VI. gern ein wenig verweilte, einer der wenigen Päpste überhaupt, die je ein ausdrückliches Schuldbekenntnis wegen des Versagens der römischen Kurie und des hierarchischen kirchlichen Amtes abgelegt hatten. Hätte dieser Papst länger gelebt, wäre es in der Reformationszeit wohl kaum zur Kirchenspaltung gekommen. Aber so? Zu denken gab ihm auch immer aufs Neue die Grabinschrift dieses großen Papstes: „Wehe, wie viel kommt doch darauf an, in welcher Zeit auch des trefflichsten Mannes Wirken fällt!" Wie wahr!

Bereits vor Viertel vor neun war er dann pünktlich in seiner Dienststelle. Denn ganz grundsätzlich galt für ihn: Jeder, der später als eine Viertelstunden vor der angesetzten Zeit eintraf, kam zu spät. Seine Mitarbeiter wussten das und mussten es – manchmal zähneknirschend – hinnehmen. Jedenfalls waren auch diesmal alle schon versammelt, als er eintraf. Nach kurzer

Begrüßung wollte Bustamante sofort anfangen, einen Bericht über die verschiedenen Gespräche bzw. Verhöre des Vortages zu geben, da unterbrach ihn Luccio: „Vice, lass' *mich* bitte beginnen! Denn es kann sein, dass sofort etwas unternommen werden muss."

Luccio erzählte dann, dass er mit Steve, mit zwei Leuten der Spurensicherung und, wie von Kardinal Urbani verlangt, mit Monsignore Morreni die Wohnungstür von Appenhofer aufgebrochen habe. Drinnen sei nichts Aufregendes zu entdecken gewesen. Allerdings habe dort eine Reisetasche mit z.T. gebrauchter Unterwäsche und Toilettenartikeln gestanden, so als wäre der Monsignore von einer Reise zurückgekehrt und habe keine Zeit gehabt, die Sachen auszupacken. Das Bett sei ungemacht gewesen, der Kühlschrank gefüllt mit Lebensmitteln, die ‚zum Himmel' stanken. Der Reisepass habe auf dem Schreibtisch gelegen. Ebenso eine englische Zeitung mit Datum vom 2. Oktober, also ca. acht Tage vor der vermutlichen Mordzeit. Aber jetzt kommt es: Wir haben dann die Wohnungsnachbarin, deren Tür unmittelbar neben der seinen ist, befragt. Sie sagte zunächst nur, sie wüsste nichts vom Herrn Prälaten, gar nichts! Wir haben ihr dann die Ermordung des Monsignore mitgeteilt und sie ein wenig unter Druck gesetzt. Darauf sagte sie kleinlaut, der Prälat habe sie dringendst um Schweigen gebeten, deshalb habe sie soeben nicht die ganze Wahrheit gesagt. Appenhofer habe sie darum gebeten, ihm in den nächsten Wochen die Post nachzuschicken, er müsse jetzt auf eine längere Reise gehen. Sie habe gleich gedacht, dass da etwas nicht stimmt, weil der Monsignore über und über mit Hautabschürfungen, Wunden und blauen Flecken am Kopf bedeckt war. – Nun, wir haben die Adresse, die uns die Nachbarin gegeben hat, hier; der Ort heißt Monmouth, eine mittelgroße Stadt in England, genauer in Wales, Mittelpunkt der Grafschaft Monmouthshire. Ich meine, einer von uns müsste sofort dorthin fliegen, um herauszubekommen, was da los war, wie man zum Beispiel den Appenhofer zur Ermordung wieder nach Rom befördert hat."

„Klar! Danke, Luccio! Das ist ja doch mal ein kleiner Fortschritt in dieser dubiosen Angelegenheit. Aber Steve: Ausland – ‚That's your job!' Mach du dich bitte gleich auf den Weg. Und nimm vorher noch von hier aus Kontakt mit Interpol auf, damit die englische Polizei dich beim Recherchieren unterstützt. Und warte noch einen Augenblick meinen Bericht ab, damit du über den letzten Stand orientiert bist!"

„Halt!", sagte Luccio, „da ist noch was nachzutragen: Die Nachbarin meinte, etwa drei, vier Tage nach der Abreise des Monsignore etwas in der Wohnung gehört zu haben. Ihr erster Gedanke sei gewesen, dass er selbst früher als geplant zurückgekommen sei. Aber das nur zur Vervollständigung!"

Nach der kurzen, aber präzisen Zusammenfassung des Questore über die Ereignisse des letzten Tages, kam noch Rosalinda an die Reihe. Ihre Internet-Nachforschungen über Scarvaglieri hatten ergeben, dass dieser vor seiner Tätigkeit an der Kurie in Rom als Pfarrer in den Marche tätig war. Über einen ganz weitläufigen Verwandten dort unten erfuhr Rosalinda zusätzlich, dass der Pfarrer zweimal versetzt wurde, weil es in einem Zeltlager mit Jungen seiner Pfarrei angeblich zu „unschicklichen Spielereien" gekommen sei, ohne dass man dem im einzelnen je nachgegangen, geschweige denn, dass es zu einer gerichtlichen Untersuchung gekommen wäre. Offenbar war der Bischof froh, diesen freundlichen, aber höchst „problematischen" Priester nach Rom, erst an den Vatikanstaat, dann an die Kurie abgeben zu können.

„Ich habe gestern", hob der Questore zum Schlusswort an, „lange über unseren Fall oder besser über unsere Fälle nachgedacht und habe den Eindruck: Irgendwie passt da nichts zusammen: die Morde in Mailand nicht und die in Rom nicht, ebenso passt das Faktum der Morde selbst nicht mit deren merkwürdiger Vorbereitung, der Injektion von Barbituraten, und deren Folgen, Zerstörung der Köpfe, zusammen. Und die Opfer und Täter passen auch nicht zusammen, falls wirklich einer von den Tätern nichts mit Kindesmissbrauch zu tun hatte. Ebenso wenig passen die möglichen Täter zusammen: Welche Verbindung gibt es zwischen denen, die hier in Rom ihr Werk getan haben, zu denen in Mailand? Vielleicht führt uns ja jetzt die Spur nach England weiter. Ich selbst werde heute noch zu Professor Pacelli gehen, um ihn über einige Details der Leichen zu befragen. Marco sollte mich da bitte begleiten. Steve bereitet sich gerade auf die Englandmission vor. Fil und Luccio, euch bitte ich, in der Nachbarschaft der beiden Prälaten Recherchen anzustellen, ob man nicht doch etwas bemerkt hat: Besucher, Autos, Geräusche, Schreie usw. Im Fall der Nachbarin von Appenhofer ist das ja schon ganz erfolgreich gewesen.

Und noch etwas: Jetzt ist Freitagmittag, das Wochenende hat also begonnen, und morgen ist Samstag, wo ohnehin frei ist. Zur Zeit ist nichts so dringend, dass wir, außer Steve, Marco und ich selbst, noch arbeiten müssten. Also schließen wir die ‚Saison‘. Für Sonntag lade ich euch mal wieder zum Mittagessen ein. Ich habe da eine neue Entdeckung gemacht: ein vorzüglicher „Grieche" in der Viale del Piccolo Rosario. Ich schlage vor, dass wir uns dort gegen 13 Uhr treffen. Ich werde auch Monsignore Morreni einladen.‘"

Drittes Kapitel
„Da waren's jetzt schon sechs!"

Der Questore mochte Professor Pacelli, er fand ihn trotz seines ausgefallenen Aussehens und seines manchmal etwas verrückten Redens außerordentlich sympathisch und verehrte vor allem seine Originalität und Fachkompetenz. Umgekehrt galt das Gleiche: Pacelli mochte und schätzte Bustamante über alle Maßen. Kein Wunder also, dass der Gerichtsmediziner für ihn und Marco sofort Zeit hatte.

„Professore, ich habe zwei Fragen zu den beiden Leichen, die man da im Tiber fand: Erstens, wurden die Köpfe vor ihrer Verunstaltung vom Körper abgetrennt? Und zweitens, damit zusammenhängend, wäre es denkbar, dass die abgetrennten Köpfe durch einen Fleischwolf gedreht und deren blutigen Reste erst danach wieder in einem Plastikbeutel an den Rumpf befestigt wurden?"

„Onorevole Questore, schon vor dieser Ihrer werten Nachfrage habe ich dazu genauere Versuche angestellt. Ich muss Ihnen zuvor allerdings etwas gestehen. Bei uns im Rione (Stadtteil) wurde vor einem Jahr ein neues Erdkabel gelegt. Und als man dafür einen Graben auswarf, erwies sich, dass dieser über einen ehemaligen Friedhof führte und unzählige, längst vermoderte Skelette freilegte. Es war Ende November. Und da haben spielende Kinder abends im Schutz der Dunkelheit ganz viele der Totenköpfe eingesammelt und den Anwohnern, um sie zu erschrecken, vor die Haustür gelegt. So kam auch ich an vier gut erhaltene Totenköpfe, die meine Frau dann gereinigt und mit brauner Schuhcreme blank gerieben und schmuck wiederhergestellt hat. Sie hat sie dann gewissermaßen als Vergänglichkeitssymbol und ständiges ‚Memento mori' auf unseren obersten Treppenabsatz in das Blumenfenster gesetzt, sie dort also sozusagen integriert. Mit einem dieser Köpfe habe ich mir nun erlaubt zu experimentieren und bin zu folgendem Ergebnis gekommen: Die Prozedur des Mörders war denkbar einfach; die Köpfe wurden nicht abgetrennt und auch nicht vertikal von oben eingeschlagen, sondern horizontal von beiden Seiten eingedrückt."

Ihm stelle sich der Vorgang folgendermaßen dar: Man stülpte den unbekleideten Leichen einen Plastikbeutel über den Kopf und verschloss diesen ganz fest am Hals. Daraufhin habe man den Kopf etwa in der Höhe der Backenknochen in irgendeinen größeren Schraubstock gespannt und diesen dann solange gedreht, bis Backenknochen, Gehirnschale und -decke völlig zerbrachen. Auf dieses Procedere, also auf eine horizontale Zerstörung des Kopfes von den Seiten her, weise die Art der Bruchstellen der Knochen eindeutig hin. Erst zum Schluss habe es dann vermutlich noch einen vertikalen Schlag von oben auf die bereits ziemlich deformierten Reste gegeben. So sei der nunmehr völlig formlose Kopf, der nur noch eine blutige Masse bildete, an der Wirbelsäule verblieben, zwar gelockert, aber immerhin. Nein, abgetrennt worden sei der Kopf wohl nicht.

Wieder eine reale Möglichkeit weniger, den Täter zu finden!, dachte Bustamante im Hinblick auf Metzgermeister Carlo Baiocchi, den Bruder der Signora Cherubini, obwohl – warum sollte der keinen Schraubstock haben. Und mit Fleisch und Knochen umgehen: das konnte der ja wohl.

Marco Ronconi meldete sich: „Aber Professore, auch wenn die Deformierung der Köpfe ‚denkbar einfach' war, wie Sie sagen, wieso macht ein Mörder so etwas mit seinen Leichen? Was ist Ihre Meinung, oder was sagt Ihnen Ihr Gefühl, was dahinter stecken könnte?"

Pacelli zuckte mit den Achseln und schlackerte, wie immer unkoordiniert, mit seinen zu langen Armen herum. Dann fügte er als überzeugter Humanist nach kurzer Pause an: „„Vieles Gewaltige lebt, aber nichts ist gewaltiger als der Mensch!', sagt schon Sophokles. Wer übersieht, durchschaut und ergründet schon die schrecklichen Möglichkeiten und Abgründe des menschlichen Herzens?"

Bustamante wechselte das Thema: „In den letzten Jahren gab es in Amerika eine heftige Diskussion über die Art und Weise der Hinrichtungen. Es gab Mediziner, die behaupteten, die Giftspritze mit Kaliumchlorid, die ja auch in unseren Fällen angewandt wurde, löse eine Art entsetzlicher Verbrennungs- oder auch Ätzungsschmerzen aus. Was meinen Sie dazu?"

„Das dürfte wohl so sein. Aber vergessen Sie nicht, dass die Leichen vorher eine Fülle von Barbiturat-Injektionen erhalten haben. Die dürften den Schmerz wohl sehr abmildern."

„Aber wer macht sich denn solche Mühe, auf eine so umständliche Weise jemanden umzubringen? Erst Barbiturate, dann die Todesspritze, dann die völlig überflüssige Deformierung des Kopfes. Ein heftiger Schlag auf den Schädel hätte es doch auch getan!", warf Marco geradezu verzweifelt dazwischen.

„Ja, sehen Sie: Deshalb beneide ich Sie auch nicht um den Job, den Sie tun müssen. Aber entschuldigen Sie mich bitte jetzt. Meine Studenten warten schon!"

Der Hinweis auf Pünktlichkeit schlug bei Bu-Bu immer ein. Mit vielen Dankesworten verabschiedete man sich sehr herzlich. Im Treppenhaus musste Bu-Bu sich plötzlich auf die Lippen beißen, um nicht lauthals loszulachen. Er dachte nämlich an die „ausgeflippte" Frau von Professor Pacelli mit ihren vier und jetzt noch drei „schmucken" Totenköpfen als Accessoir eines Blumenfensters! Das sah ihr wirklich ähnlich; das passte zu ihr!

***

Eigentlich stand nach der Siesta nichts Dringendes mehr auf dem Programm. Deshalb rief Bustamante Monsignore Morreni an, ob es ihm gelegen käme, doch noch heute am Spätnachmittag den gewünschten Besuch beim Kardinalstaatssekretär zu machen. Der Prälat stimmte zu, und so traf man sich gegen 17 Uhr am Portone di bronzo und ließ sich beim Staatssekretariat anmelden. Der Kardinal hatte auch unverzüglich Zeit für sie. Der Empfang war förmlich und distanziert, aber nicht unfreundlich.

„Onorevole Signor Questore, mir wurde gesagt, Sie könnten oder wollten im angeblichen Missbrauchsfall der beiden Prälaten keine Diskretion walten lassen oder sagen wir besser: nicht unter allen Umständen Diskretion üben. Ich möchte Sie dennoch dringendst um eine solche bitten. Sehen Sie: Der Heilige Stuhl hat mit äußerstem Einsatz aller Kräfte und mit mancherlei rigiden Mitteln (von denen viele in der Öffentlichkeit nicht einmal bekannt geworden sind) auf die damaligen schrecklichen Ereignisse in Amerika und Irland, dann in Deutschland, Argentinien und anderen Ländern reagiert. Sie wissen: Ich meine die schier nicht abreißende Serie von Kindesmissbrauch durch Priester. Wir haben hier von Rom aus gewaltigen Einfluss auf die amerikanische und irische Kirche genommen und dem Missbrauch damit, hoffentlich für immer, ein Ende bereitet. Wie stehen wir nun da, wenn ruchbar wird, dass Gleiches auch bei uns hier passiert ist? Auch der Heilige Vater bittet Sie ganz persönlich um äußerste Diskretion. Schließlich sind die beiden betroffenen Priester ja tot, und sie mögen ruhen in Frieden! Ihren möglichen Untaten muss also nicht mehr nachgegangen werden. Sie stehen jetzt vor einem höheren Gericht. Um aber die Morde aufzuklären, ist es nicht notwendig, den möglichen Zusammenhang zwischen Mord und angeblichem Vergehen der Prälaten an die Öffentlichkeit zu bringen, ein Zusammenhang, der ja auch dem Vernehmen nach noch keineswegs erwiesen ist. Übrigens: Wenn es später einmal zu strafrechtlichen Maßnahmen im Fall der Morde kommt, werden wir wegen der unbedingt erforderlichen Diskretion auch mit Richtern, Staatsanwälten und Verteidigern Kontakt aufnehmen. Schließlich ist für das Funktionieren des staatlichen und gesellschaftlichen Lebens, mindestens bei uns hier in Italien, eine gesunde und starke Kirche, die nicht immer in den Schlagzeilen steht und von jedem x-Beliebigen angepöbelt wird, von nicht geringer Bedeutung!"

„Eminenza, ich kann Ihnen da nicht folgen. Natürlich werde ich und werden wir alle nicht etwa aus Sensationslust oder, um der Kirche eins auszuwischen, den möglichen Zusammenhang zwischen beiden Verbrechen zur Sprache bringen, sondern nur, insoweit es dem Verstehen der Logik der Vergehen und der Transparenz des Verfahrens dient. Im übrigen verstehe ich Ihre Befürchtungen nicht. Es ist doch bekannt und unbestritten, dass die allermeisten Fälle von Kindesmissbrauch im Familienkreis, also durch Eltern, andere nahe Verwandte, Familienfreunde und dergleichen geschehen und dass nur in einem sehr geringen Bruchteil der Fälle pädophile Priester die Täter sind. Warum ist es dann solch eine Schande, wenn von diesem erst geringen Prozentsatz ebenso der Vatikan nun auch selbst betroffen ist, zumal bei allem nicht zu leugnenden Gewicht die Vergehen der beiden Priester doch nicht an der obersten Skala der Schwere dieser Verbrechen stehen. Da gibt es ganz andere Untaten im Bereich des Kindesmissbrauchs!"

Der Kardinal rutschte unruhig auf seinem Sessel hin und her; sein Gesicht verfinsterte sich. Aber der Questore fuhr fort:

„Eminenza, lassen Sie mich ganz offen reden. Ich habe den Eindruck: Sie, ich meine nicht unbedingt Sie persönlich, sondern die kirchenleitende Autorität insgesamt, Sie wollen immerfort ein Spiel spielen, das Spiel von einer – per saldo ‚unterm Strich‘ gesehen – lauteren, herrlichen, heiligen und dazu noch unfehlbaren Kirche, die bereits ein glorreicher Vorschein der triumphierenden Kirche des Himmels ist. Man muss ja nur auf den Papst blicken – dabei ist der gegenwärtige Gott sei Dank eine Ausnahme, vielleicht ja auch der Anfang einer ganz neuen Entwicklung. Aber früher?! Allein schon in seinem makellosweißen Gewand und dem byzantinischen Hofzeremoniell, das ihn umgibt, und den theatralischen Auftritten, in denen er sich der Öffentlichkeit präsentiert, bringt er dieses Kirchenbild unübersehbar zum Ausdruck. Und mit den subalternen kirchlichen Amtsträgern ist es in gebührender Abstufung ja auch nicht anders. Man spielt ein weltabgehobenes heiliges Spiel, das allenfalls die ranghöchsten Eingeweihten verstehen, aber *der wirklichen Welt* den Zugang zum Evangelium erschwert, wenn nicht verunmöglicht. Eine Kirche, die eine abgehobene Sonderwelt spielt – wie geht das zusammen mit dem Wort ihres Stifters, wonach seine Jünger zwar nicht *von* der Welt, aber mitten *in* der Welt sein sollen? Wo merkt man das eigentlich – dieses In-der-Welt-Sein der Kirche? Sie machen sich doch in allem eine eigene, in sich geschlossene heilige Kirchenwelt zurecht und geraten dann in Panik, wenn in dieser ihrer selbstfabrizierten Welt das Unheilige auftaucht, wie jetzt am Beispiel der beiden Prälaten. Schon der große Teilhard de Chardin hat an seinen Freund Henri de Lubac geschrieben: ‚Um Rom herum ist nicht der eiserne Vorhang, sondern ein Vorhang von Watte, der jedes Geräusch von Diskussionen und menschlichen Sehnsüchten abdämpft: Die Welt bleibt stehen vor den Toren des Vatikans.‘ Warum, Eminenz, verhalten Sie sich so und nicht wie normale Menschen?“

Bu-Bu befürchtete, der Kardinal werde ihn gleich achtkantig hinauswerfen oder selbst den Raum verlassen. Aber jetzt war er mal in Fahrt und fuhr fort:

„Schwester Madeleine, die Gründerin der zweifellos auch Ihnen bekannten ‚Kleinen Schwestern Jesu‘ hat in ihrem Testament folgende Sätze geschrieben, die ich mir gut gemerkt habe; sie richtet sich an ihre Schwestern mit den Worten: ‚Wie Jesus es in seinem irdischen Leben hielt, so werde auch du *allen alles*:

Den Arabern werde Araberin, den Nomaden Nomadin, den Arbeitern Arbeiterin. Vor allem aber werde menschlich unter den Menschen."

Bustamanate wiederholte: „‚Vor allem werde menschlich unter den Menschen!', schreibt die Schwester und fährt dann fort: ‚Führe nicht dein Leben am Rande der Massen. Wie Jesus, mach dich zu einem Bestandteil der Masse der Menschen. … Gehe so in ihr Leben ein, dass du *eins bist mit allen*.' Sehen Sie, Eminenza, das ist alles wirklich sehr gut gesagt."

Der Kardinal machte den Versuch einer abwinkenden Handbewegung, ging aber dann sofort wieder in Ruhestellung zurück.

„Eminenz, zu diesem Einssein mit der Masse der Menschen, von dem da Schwester Madeleine spricht, gehört für mich ganz wesentlich, dass die Kirche wie alle andern Menschen und menschliche Institutionen auch zu ihren Sünden und Verfehlungen, Irrtümern und Fehlentscheidungen, Grenzen und Abgründen steht und sie nicht verdrängt, versteckt, entschuldigend weginterpretiert, wie Sie das gerade wieder vorhaben. Die gleiche Schwester Madeleine fährt dann übrigens fort: ‚Man wird dir vielleicht wie Christus vorwerfen, dass du mit Zöllnern und Sündern isst, unter die Menge gehst, die öffentlichen Sünderinnen zu nahe an dich heranlässt. … Man wird dir vorwerfen, dass du es an geistlicher Würde fehlen lässt. Aber was liegt daran!' Ja, was liegt daran, Eminenz? Ich bin überzeugt: Erst dann werden Glaubwürdigkeit und Ausstrahlung der Kirche wieder zunehmen, wenn sie endlich ihr elitäres Abgehobensein von der Mehrheit der Menschen, ihre von aller Wirklichkeit desinfizierte Sprache, ihre weltfremden moralischen Forderungen, kurz: ihre künstliche Existenz im Niemandsland aufgibt und wahrhaft in die Welt der Menschen eingeht, so wie das ja auch ihr Stifter getan hat. Und nochmals: Zu diesem Menschwerden gehören ganz wesentlich Wahrhaftigkeit und Demut, dass man das, was in der Kirche kraftlos, gebrochen und krank, vielleicht sogar todkrank ist, auch eingesteht."

Trotz seiner engagierten Äußerungen merkte Bustamante sehr wohl, dass sich schon seit einiger Zeit Monsignore Morreni immer wieder räusperte. War das ein Zeichen von beginnender Erkältung, oder wollte er ihm ein diskretes Zeichen geben, jetzt sei es aber wirklich genug?

Bustamante hielt auch tatsächlich ein: „Verzeihen Sie, Eminenza, wenn ich in voller Offenheit gesprochen habe. Offenheit – das heißt ja im Neuen Testament ‚parrhesía‘ und wird dort als eine wesentliche Tugend des Christen vorgestellt und gepriesen. Und dabei bin ich nicht einmal ein Christ, jedenfalls kein praktizierender."

Es trat ein Augenblick der Stille ein. Dann sagte der Kardinal nicht ohne jedes Zeichen von Betroffenheit: „Mein lieber Bustamante, all das ist ein weites Feld! Onorevole Questore, ein weites Feld! Und ich glaube, es ist hier nicht Zeit und Ort, darüber ein endloses Palaver zu halten. Ich danke Ihnen jedenfalls für Ihre Offenheit, muss Ihnen aber in gleicher Offenheit im Hinblick auf das ‚bonum Ecclesiae‘, auf das Wohl und die Interessen der Kirche, sagen, dass ich Ihnen hiermit in aller Form die Erlaubnis entziehen muss, in Sachen Kindesmissbrauch im Vatikan zu recherchieren. Sie können natürlich jederzeit Gespräche mit den Bewohnern des Vatikanstaates führen, aber kein formelles Verhör abhalten und keine Wohnungen durchsuchen. Wie gesagt, das bezieht sich einzig und allein auf den Bereich Kindesmissbrauch. Der Entzug der Erlaubnis gilt dagegen nicht, wo und wenn es um die Aufklärung der beiden Morde geht."

Der Kardinal erhob sich, blickte Bustamante fast mitleidig an und nickte ihm ernst, aber nicht unfreundlich zu: „Gott segne Sie!"

Das war's dann!, dachte Bu-Bu und wandte sich, als der Kardinal den Raum verlassen hatte, an seinen Freund Salvatore.

„War es sehr schlimm, was ich da gesagt habe?"

„Du warst hervorragend! Ich hätte dir noch lange zuhören können. Aber ich merkte, dass der Kardinal sich innerlich immer mehr von dir abwandte, nicht etwa zornig und wütend, sondern weil er deine Worte einfach nicht mehr aushielt. Deshalb war es gut, dass du aufgehört hast. Im Übrigen scheint mir der Entzug der Erlaubnis allein für das, was die Missbrauchsfälle angeht, eine reine Alibi-Handlung ohne alle praktischen Konsequenzen zu sein, und Eminenz wird das auch wissen. Aber so kann er wenigstens anderen vatikanischen Stellen sagen, er habe bei dir kräftig durchgegriffen. Weißt du im Grunde sind hier fast alle ‚Weicheier‘ und ‚fantocci‘- Hampelmänner, nur auf die eigene Macht und das eigene Ansehen bedachte Opportunisten und Narzissten. Wenn's drauf ankommt, ziehen sie …, aber lassen wir das!“

Mamma mia!, dachte Bustamante, jetzt wird der Salvatore auch noch so kirchenkritisch wie ich. Dann fiel ihm noch rechtzeitig ein, ihn für den Sonntag zum „Griechen“ einzuladen. Sodann ein herzliches „Ciaò!“

***

Obgleich es jetzt schnell Abend wurde und die Dunkelheit schon eingesetzt hatte, entschloss sich der Questore, zu Fuß nach Hause zu gehen. Eine glückliche Entscheidung, denn sie führte zu einem jener Zufälle, die immer wieder in der Aufklärung von Verbrechen eine Rolle spielen. Als Bu-Bu nämlich in der Nähe der Kolonnaden des Petersplatzes die Via Ottaviano überqueren wollte, begegnete ihm ein junger Mann, der ihm irgendwie bekannt vorkam und den er nach einigen Augenblicken als Benedikt Auf der Maur identifizierte.
„Hallo, Benedikt! Kennst du mich noch?“

Benedikt blieb stehen, er sah niedergedrückt, müde, traurig und abgespannt aus.

„Wie geht's dir?“

Er antwortete nichts, sondern schaute unschlüssig den Questore an.

„Was gibt's denn? Ist dir eine Laus über die Leber gekrochen?"

Benedikt schaute immer noch unschlüssig drein, dann sagte er:

„Glauben Sie, dass wegen mir der Jörg, ich meine: Monsignore Appenhofer ermordet wurde? Bin ich daran schuld?"

„Nein, überhaupt nicht! Auf keinen Fall! Schlag dir das aus dem Kopf!"

„Ja, aber, wenn ich nicht da gewesen wäre, wäre er doch noch am Leben!"

„Also, zunächst einmal steht der Zusammenhang zwischen dem, was der Monsignore Appenhofer, wie übrigens auch dem, was der andere Monsignore getan hat, und ihrer Ermordung noch keineswegs fest. Und selbst wenn es so wäre: *Du* bist doch nicht schuld. Ich finde, du hast dich toll verhalten. Du hast, als das Ganze eskalierte, nein gesagt und deine Eltern eingeschaltet. Nein, besser hättest du gar nicht reagieren können. Wirklich nicht! Respekt!"

Benedikt schien nicht überzeugt zu sein.

„Meinen Sie, dass mein Vater etwas mit dem Mord zu tun hat?"

„Ich glaube nicht, aber ich weiß es noch nicht ganz genau!"

„Ich habe Angst, dass er mit drinsteckt."

„Wieso?"

Der Junge druckste herum. „So ungefähr zwei, drei Tage, nachdem ich den Zettel für meine Eltern geschrieben habe und vielleicht gut zwei Wochen, bevor man die Leichen im Tiber gefunden hat, war mein Vater drei Tage fort, ohne uns zu sagen, was er unternehmen wollte bzw. unternommen hat. Das tut er sonst immer. Dazu war er noch mit einem Jeep der Garde unterwegs; ich habe es genau gesehen, als er frühmorgens wegfuhr. Auch das tut er sonst nie; wir haben ja einen eigenen Wagen."

Das schien wirklich sehr seltsam zu sein. Aber er musste jetzt erst einmal den Jungen beruhigen.

„Du, so was kann viele Gründe haben. Verbohr dich jetzt nicht in etwas hinein. Sehr oft klären sich solche zunächst verwirrenden Dinge später ganz einfach auf. Benedikt, du hast dich bei allem völlig richtig verhalten. Darüber kannst du dich freuen. Okay?"

Bustamante schlug ihm auf die Schultern. „Wenn noch irgendwas passiert, was dich beunruhigt, kannst du immer mit mir sprechen. Hier meine Visitenkarte mit Adresse und Telefonnummer."

Der Questore hatte den Eindruck, dass es in dem Jungen noch mächtig gärte, aber augenscheinlich verabschiedete er sich jetzt von ihm weniger niedergedrückt als bei der Begrüßung. Aber höchst eigenartig war das schon, was Benedikt ihm da von seinem Vater erzählt hatte. Irgendwas stimmte da nicht.

***

Bustamante lebte allein. Eine gelegentlich auftauchende Zugehfrau führte größere Reinigungsarbeiten durch, säuberte den Käfig von Meister Jakob, erledigte die Bügelwäsche, machte umfangreichere Einkäufe und stellte ihm gelegentlich Essensreste aus ihrer eigenen Familie in den Kühlschrank. Alles andere besorgte Bu-Bu selbst. Und dafür hielt er sich zwei-dreimal im Monat die Samstage frei. So auch diesmal. Putzen und Staubsaugen stimulierten ihn meist zum Nachdenken und zum Konstruieren von möglichen Hypothesen und Theorien. Aber heute lief da gar nichts. Zu widersprüchlich und unübersichtlich war die Sachlage. So ging er lieber aus, um für die nächste Woche in einigen Spezialitätengeschäften diverse Käse-, Fleisch- und Pilzsorten sowie auf dem Fischmarkt Frutti di mare einzukaufen. Dann bereitete er sich eine „Pasta al cinghiale" (Wildschwein-Pasta), verzehrte mit Vergnügen einen herrlichen, aber auch stinkteuren „Bel paese" (Käse) und trank dazu einen 2004er Sauvignon aus dem Valdagine, aus der Produzione Campo Napoleone DOC, einen hervorragenden Wein, der so gut war, dass er mehr als geplant davon zu sich nahm. Entsprechend intensiv war dann die Siesta …

Aber plötzlich läutete das Telefon. Wütend nahm Bu-Bu den Hörer ab und brüllte sein „Pronto!" hinein.

„Störe ich?", fragte eine ihm vertraute Stimme. „Hier ist Steve."

„Du störst nicht, aber du *hast* massiv gestört!"

„Entschuldige! Aber ich wollte dir, bevor ich morgen mit der ersten Maschine zurückkomme, in Kurzform schnell zwei wichtige Dinge mitteilen. Die Polizei von Wales, besonders die hier im Städtchen Monmouth, war superfreundlich und hilfsbereit, obwohl es doch Samstag war. Sie haben mich, als ich ihnen die Adresse von Appenhofer zeigte, auch sogleich zu seiner Wohnung gefahren, sie geöffnet und mich ohne Umstände darin arbeiten lassen. Auf dem Messing-Türschild der Wohnung standen übrigens Titel und Name des Prälaten. Also haben wir es hier nicht mit einer Pension oder ad-hoc-Vermietung zu tun, sondern mit einer ständigen Zweitwohnung des Monsignore. Drinnen deutete nichts auf eine gewaltsame Entführung hin, wohl aber muss die Abreise schnell vor sich gegangen sein, weil das Essgeschirr noch ungespült war und in einem Zimmer noch Licht brannte. Ein Fenster stand sogar noch ein wenig offen."

„Das kann auch mir passieren, ohne dass ich schnell abreisen müsste!", knurrte Bu-Bu grimmig, der den Schock der jäh abgebrochenen Siesta noch nicht ganz verwunden hatte. Aber dann wurde er hellwach.

„Als wir bei den Nachbarn herumfragten, bestätigten die, dass der Prälat seit einigen Jahren ständig in den Ferien hierher komme. Und sie hätten sich schon gewundert, dass er plötzlich außerhalb der Reihe eingetroffen und, so schnell wie er gekommen, auch wieder verschwunden sei. Ich habe dann gefragt, ob ihnen kurz vor seinem Verschwinden etwas aufgefallen sei, und da erzählte eine junge Frau Folgendes: Ihr zehnjähriger Sohn habe sie gefragt, was „V" denn für ein Autokennzeichen sei. Er habe da drüben vor dem Haus einen Jeep mit diesem Kennzeichen stehen sehen. Sie wusste es auch nicht, schaute in ihrem Autoatlas nach und brachte heraus, dass es der Vatikanstaat ist. Die Frau selbst hatte den Jeep nicht gesehen, aber sie ist sich sicher, dass ihr Bub sich da nicht getäuscht hat."

„Wahnsinn!", murmelte der Questore. Aber schon ging es weiter.

„Als ich das gehört habe, bin ich nochmals zurück in die Wohnung, und dann ist mir erst Folgendes aufgefallen: Dieser Appenhofer muss kurz vor seinem plötzlichen Verschwinden noch Besuch gehabt haben. Denn in einem ziemlich angefüllten Aschenbecher waren nicht nur jede Menge Zigarettenstummel, sondern auch ein einziger Zigarillostummel."

„Wie sah der aus?"

„Ich weiß nicht, ob du Brissago-Zigarillos kennst: lang, eher dünn, dunkel und mit einem Strohhalm als Mundstück."

Bustamante erinnerte sich sofort: Genau diese Sorte hatte der Feldweibel geraucht, als er ihn aufgesucht hatte.

„Hör zu, Steve! Bring unbedingt sowohl einen Zigarettenstummel wie auch den Zigarillostummel mit, damit wir eine DNA-Untersuchung machen können!"

„Sei unbesorgt! Beides ist schon in meiner Tasche."

„Sehr gut! Dann erwarte ich dich morgen gegen 13 Uhr mit den anderen Mitarbeitern beim ‚Griechen' auf der Viale del Piccolo Rosario. Ich lade euch zum Essen ein."

Da hat der Benedikt doch etwas Richtiges gerochen, dachte Bu-Bu. Nach kurzer Überlegung wählte er die Telefonnummer des Kommandanten der Schweizer Garde, Oberst Matthias Meyer von Schauensee, dessen Familie in der Vergangenheit schon eine ganze Reihe von Kommandanten der Garde gestellt hatte. Er entschuldigte sich über alle Maßen für die Störung am

Samstagnachmittag und bat darum, für maximal fünf Minuten vorbeikommen zu dürfen.

„Ich könnte die Sache auch kurz telefonisch erledigen, aber sie ist ein bisschen heikel und deshalb besser unter vier Augen abzuwickeln."

„Sie dürfen auch 15 Minuten kommen, aber dann gehöre ich wieder meiner Familie!"

Bustamante nahm ein Taxi und war nach wenigen Minuten im Vatikan. Der Kommandant begrüßte ihn am Eingang seiner recht luxuriösen Dienstwohnung und bat ihn einzutreten. Aber der Questore wollte nicht lange stören. Und so entwickelte sich im Hausflur ein sehr kurzes Gespräch.

„Die Garde hat doch einen Jeep?"

„Einen? Mindestens zehn!"

„Kann jemand aus der Garde sich einen davon für private Zwecke ausleihen?"

„Jederzeit! Auch Sie können sich einen ausleihen. Sie müssen nur 0,10 Euro pro Kilometer für die Abnutzung zahlen. Wir sind froh, wenn die Wagen gebraucht werden. Wir von der Garde brauchen sie höchst selten."

„Wenn nun einer einen Jeep ausleiht, wird der vermutlich registriert?"

„Natürlich!"

„Dann bitte ich darum, dass Sie gleich am Montagmorgen dem Erkennungsdienst der römischen Squadra omicida die Möglichkeit geben, den Jeep, den der Feldweibel Jörg Auf der Maur vor ungefähr drei Wochen ausgeliehen hat, auf Spuren zu untersuchen."

„Hat er denn was angestellt? Er hat mir gesagt, er wolle schnell zu seiner todkranken Großmutter in den Tessin fahren."

„Ich kann Ihnen leider noch nicht sagen, um was es da genau geht. Wir ermitteln in einem Mordfall, in den der Feldweibel vielleicht, vielleicht irgendwie verwickelt ist oder sein könnte."

„Um Gottes willen, nach diesen schrecklichen Ereignissen im Jahr 1998 nicht schon wieder so was!"

Bustamante erinnerte sich: In diesem Jahr wurden der damalige Kommandant der Schweizer Garde, Oberst Alois Estermann, und seine Frau von einem Gardisten, der sich dann anschließend selbst umbrachte, ermordet. Obwohl seither schon so viele Jahre verstrichen waren, schwirrten um diesen nie völlig aufgeklärten Fall noch immer in der ganzen Welt die verschiedensten Gerüchte, darunter auch allerhand Verschwörungstheorien, herum.

„Nein, ich hoffe, es bleibt Ihnen diesmal ein weiterer Skandal erspart. Aber wir müssen jeder Spur nachgehen."

„Tutto apposto, ich erwarte die Beamten vom Erkennungsdienst am Montagmorgen."

„Danke! Und danke vor allem, dass Sie sich zu dieser unmöglichen Zeit haben stören lassen. Aber ich glaube, es waren wirklich keine fünf Minuten!"

Beim Verlassen des Vatikanstaates lagen der gewaltige Petersplatz mit seinen Kolonnaden und üppig springenden Brunnen sowie Petersdom und Peterskuppel in überhellem Licht unzähliger Scheinwerfer vor ihm. Ach ja!, morgen, am letzten Sonntag im Oktober, würde ja des Jahrestags der Amtseinsetzung des jetzigen Papstes gedacht. Wohl deshalb also diese Festbeleuchtung von Petersdom und -platz. An sie schlossen sich die Lichter der Via della Conciliazione und der Engelsburg an, die dann bruchlos weiter in die hellerleuchtete Stadt hinübergingen. In der Ferne die Lichter der höher gelegenen Ortschaften der Albaner Berge, die wiederum ebenso bruchlos auf die Lichter „oben" verwiesen. Denn der Himmel war klar und von unzähligen Sternen besetzt, die sich trotz aller künstlichen Beleuchtung durchzusetzen vermochten. Ein zu Herzen gehendes Bild von Variationen des Lichts, dachte Bu-Bu. Warum nur fand man sogar künstliches Licht schön, wo es doch das Licht der Sonne, des Mondes und der Sterne gab?

***

Der Questore mochte keinen Sonntag und keinen Herbst. Den ersten nicht, weil er da seine „mönchische Existenz", wie er es empfand, sein Leben ohne Familie und ohne engste Freunde am intensivsten verspürte, und den zweiten nicht, weil sich trotz aller Farbenpracht der Natur zu dieser Jahreszeit eher deren Modergeruch, Verfaulen und Hinsterben auf sein Gemüt legte und er sich, ohne es zu wollen, beim Anblick der letzten Feld- und Baumfrüchte immer mit der inneren Frage konfrontiert sah: Und was ist aus deinem Leben an ‚Frucht' herausgekommen?

Da er heute seine Mitarbeiter zum Mittagessen eingeladen hatte, konnte er nicht, wie sonst so häufig, dem römischen Sonntag durch einen Wandertag in den Abruzzen entgehen. Er wollte es mit einem kleinen Spaziergang im Pincio bewenden lassen. Denn wenn schon Herbst in Rom, dann war er dort wegen der vielen sich färbenden Bäume verschiedenster Arten noch relativ am schönsten. So verließ er gegen 10 Uhr seine Wohnung und schlenderte vorbei am schrecklichen Monumento Nazionale (offiziell „Altar des Vaterlandes", von spottenden Römern „künstliches Gebiss" genannt), passierte die Piazza dei dodici Apostoli und die mittlerweile hervorragend in Stand gesetzte Piazza della Pilotta mit der Gregoriana, seiner früheren „Alma Mater" (kurzes Gedenken an einige Professoren, schließlich stand ja der Allerseelentag vor der Tür), warf anschließend einen Blick auf die Fontana di Trevi, wie immer eingetaucht in unzählige Touristenströme (Was finden die bloß an dieser aufgemotzten Theaterkulisse?), und gelangte schließlich über die zwar immer noch stinkteure, in den letzten Jahren aber etwas verkommene Via Veneto zum Pincio. Doch dort angekommen, bedauerte er sofort seinen Entschluss, überhaupt hierher gegangen zu sein. Denn bei dem herrlichen Oktoberwetter, das seit Tagen herrschte, waren ganze Heerscharen von Menschen, vor allem von Familien mit Kindern, Kinderwagen und Hunden, von Liebespärchen und betrunkenen einsamen Senioren aufgebrochen und machten den Park zu einem riesigen Volksfest-Platz.

Bu-Bu wollte sich schon fortbegeben und auf den Weg zum nahegelegenen Museum der Villa Farnese machen, da sah er plötzlich, verloren unter den Massen wie er selbst, ein bekanntes Gesicht: seinen Assistenten Marco Ronconi.

„Ja, wo kommst du denn her? Wo ist Mona?"

Mona war Marcos langjährige Freundin. Eigentlich hatte er schon lange ihre Vermählung erwartet.

Marco machte ein trauriges Gesicht. „Wir haben uns getrennt."

„Du von ihr oder sie von dir?"

„Wir von uns beiden, in freundlichem Einvernehmen. Trotzdem tut es weh. Aber sie kam mit meinem Beruf nicht klar."

Marco brauchte keine weiteren Erklärungen zu geben. Der Questore verstand sofort, um was es ging. Viele, wenn nicht die meisten Ehen von Polizisten und Kriminalisten kamen in eine Krise, nicht wenige gingen auch in die Brüche, weil völlig unregelmäßige Arbeitszeiten, nächtliches und sonntägliches Abberufenwerden sowie häufiger Stress ein geordnetes Familienleben ungemein erschwerten. Vermutlich oder wenigstens hoffentlich würden Fil und Carla aus seinem früheren Team, die erst vor zwei Jahren geheiratet und mittlerweile ein Töchterchen bekommen hatten, es leichter haben, weil Carla selbst diesen Beruf lange ausgeübt hatte und wusste, was da auf sie zukam.

„Wenn es nicht so banal wäre, Marco, würde ich dir sagen: Die Zeit heilt alle Wunden! Nur, ich weiß schon, das hilft dir jetzt gar nicht. Gehen wir und trinken wir einen Cappuccino. Dort drüben ist noch ein Tisch frei."

Bustamante schätzte seinen Assistenten über alle Maßen. Er war noch ziemlich jung, manchmal etwas zerfahren, aber äußerst kooperativ und kreativ. Wenn gelegentlich Untersuchungen in eine Sackgasse gerieten, hatte er oft gute Ideen, wie man heraus- oder weiterkommen konnte. Dies schien auch diesmal der Fall zu sein.

„Bu-Bu, ich wollte ohnehin mit dir allein mal über unseren Fall reden. Ich glaube, dass es nicht viel bringt, wenn wir jetzt weiter jedem einzelnen der beiden Fälle separat nachgehen, so wie wir das bisher taten, als wir die beiden betroffenen Familien besucht und befragt haben, oder wie Steve das jetzt in England in Bezug auf das eine Opfer, den Appenhofer, tut. Das alles war und ist ja vermutlich auch notwendig, aber wir müssen jetzt mehr auf den inneren Zusammenhang der Fälle blicken, inklusive der von Mailand."

Bustamante nickte. „Aber was meinst du damit konkret?"

„Ich meine, wir müssten zwei Problemfeldern nachgehen. Erstens: Alle vier Opfer sind durch eine intravenöse Injektion von Kaliumchlorid getötet worden, ihr sind Barbiturat-Injektionen vorausgegangen. Wer hat oder hatte die Möglichkeit, an diese Pharmaka heranzukommen, wer kann sie verabreichen? Schließlich geht es nicht um eine einfache Spritze, sondern um eine intravenöse Injektion. Zweitens: Die beiden Monsignori sind sofort, ganz unmittelbar, nachdem sie wegen Missbrauch angezeigt wurden, gleichzeitig verschwunden und gleichzeitig getötet worden. Wenn sie *wegen* dieses Vergehens getötet wurden – was ja noch nicht absolut feststeht –, müssten wir genau diese Gleichzeitigkeit der Ermordung genauer in den Blick nehmen. Wer wusste eigentlich *gleichzeitig von beiden* Missbrauchsfällen und konnte dann auch gleichzeitig so reagieren?"

„Sehr gut, Marco! Nur: Was das erste Problem angeht, so haben wir bisher auf unserer virtuellen Verdächtigen- oder Betroffenenliste nicht einen einzigen stehen, der dafür in Frage käme. Und was das zweite Problem betrifft, so gab es ja unseren Ermittlungen nach zwischen den beiden betroffenen Familien bzw. Angehörigen und Freunden tatsächlich vage Kontakte: Auf der Maur kannte, wenn auch nur flüchtig, sowohl die Tankwartin als auch den Conte und umgekehrt. Und der Bruder von Signora Cherubini kannte wiederum die Familie Auf der Maur. Gewiss, alle sagen, sie hätten über Kindesmissbrauch nicht miteinander gesprochen. Aber weiß man's? Seltsam war schon die Frage des Conte, ob Auf der Maurs einen *Jungen* hätten, an dem Missbrauch verübt worden sei. Wie kam er auf die Idee ‚Junge‘; ‚Mädchen‘ hätte in Anbetracht vom Fall Scarvaglieri doch viel nähergelegen?“

Eine kleine Pause, dann fuhr Bustamante fort: „Aber natürlich, wenn man den Betroffenen glaubt, dass sie miteinander nie ein Wort über Kindesmissbrauch gewechselt haben, dann gab es vermutlich nur *eine* Stelle, die gleichzeitig von beiden Missbrauchsfällen wusste: die Personalabteilung des Vatikans, also konkret: Cavaliere di Nobile und Schwester Claudia. Aber glaubst du im Ernst, die hätten was damit zu tun? Der Cavaliere hat eine hochdotierte und hochangesehene Stellung, die wird er sich doch nicht durch niederträchtige Untaten kaputt machen. Und Schwester Claudia hast du ja selbst bei unserem Kurzbesuch gesehen: Ordensschwester mit Schleier, fast schon im Pensionsalter, pummelig, daherwatschelnd. Das ist nicht das Holz, aus dem Mörder geschnitzt sind.“

„Naja, aber sie könnten doch anderen ihre Informationen weitergegeben haben!“

„Okay! Dann geh bitte gleich am Montag beiden Personen nach: Herkunft, Lebenslauf, Kontakte usw. Aber jetzt sollten wir allmählich zum ‚Griechen‘ aufbrechen.“

***

Als sie 20 Minuten vor eins auf der Viale del Piccolo Rosario eintrafen, waren schon alle, „wie sich das gehört“ (so die innere normative Stimme des Questore), bis auf Fil zugegen. Man nahm am reservierten Tisch Platz und wartete auf den letzten Mann. Bu-Bu schaute immer wieder nervös auf die Uhr. Aber als Fil auch um ein Uhr noch nicht eingetroffen war, gab er das Zeichen zum Beginn. Der Kellner verteilte die Speisekarten für die Bestellung. Aber so einfach ging das nicht! Schließlich war das Speisen für den Questore bei allem Vergnügen auch eine „todernste" Angelegenheit. Er begann darum mit einigen Kommentaren: Eigentlich sei die griechische Küche, gemessen an der französischen und italienischen, „etwas ärmlich". Aber Abwechslung sei ja auch mal ganz interessant. Und vor einigen Wochen habe er dieses neu eröffnete Lokal entdeckt und für sehr zufriedenstellend befunden.

Dann stellte er Einzelheiten der griechischen Küche vor. Zunächst den Wein: Auch wenn Griechenland hervorragende Spitzenweine, vor allem auf der Halbinsel Chalkidike habe, sei doch, wenigstens für Nordgriechenland, mit am typischsten der „Retsina", beileibe kein Spitzenwein, sondern nur ein leichter, trockener Tischwein, der sich aber, da in geharzten Fässern gelagert, aufgrund seines Harzgeschmacks hochinteressant ausnehme. Im übrigen werde nur ein wirklich guter Retsina, wie z.B. der hier im Restaurant ausgeschenkte, in geharzten Eichenfässern gelagert; bei dem weltweiten Massenkonsum an Retsina sei man längst dazu übergegangen, normalen, in Plastikfässern gelagerten Allerweltswein nachzuharzen. Schwindel, aber üblich!

Dann zu den Speisen: Grundsätzlich bestelle – jedenfalls in Griechenland selbst – nicht jeder individuell für sich, sondern es würden seitens der Küche Platten von gerade zubereiteten und in Frage kommenden Gerichte einfach auf den Tisch gestellt, und dann könne jeder sich nach seinem Gusto bedienen. Natürlich sei das außerhalb von Griechenland nicht schicklich. Aber er empfehle diesen Stil dringend für die Vorspeisen, mit das beste der ganzen griechischen Küche. Hervorragend die in Mehl gewendeten und in Olivenöl gebratenen Auberginen- und

Zucchinischeiben, dann die sogenannten Dolmadakia: gefüllte Weinblätter mit Reis, Gewürzen und Zwiebeln, in diesem Lokal besonders gut, weil der Reis auch mit Fleischstückchen versehen und nicht so kletschig sei wie anderswo, dann Fava: eine gut gewürzte Erbsenpaste usw. usw., und all das dann noch garniert mit Scampi, Crevetten und anderen Meeresfrüchten. Also bitte, wenn man gegen solche Herrlichkeiten nicht von vornherein einen absoluten Widerwillen hege, möge man doch einverstanden sein, eine Riesenvorspeiseplatte für alle zu bestellen, jeder könne ja dann das nehmen, was ihm schmecke; und dazu komme natürlich noch Pitta: gegrilltes und in Öl getauchtes Knoblauchbrot.

Nein, keiner hatte etwas dagegen!

„Die Hauptspeise möge dann jeder für sich bestellen. Ich empfehle entweder Lammkoteletten mit grünen Bohnen oder Schweinelendchen in Metaxa-Soße. Metaxa ist ein typischer griechischer Weinbrand. Und ich habe mich selbst davon überzeugt: Die verwenden hier in der Küche tatsächlich einen Fünf-Sterne-Metaxa, der sieben Jahre gelagert hat. Das ist übrigens, wenn ich das mal so generell anfügen darf, das Geheimnis einer wirklich guten Küche: Man darf auch bei untergeordneten Zutaten nicht sparen und dafür keine billigen Materialien nehmen! In diesem Fall merkt man das an der Soße; sie ist aufgrund des Fünf-Sterne-Kognaks einfach hervorragend. Wir werden dann am Schluss als Digestivo noch einen Metaxa ‚Grand Fine‘, einen Sieben-Sterne-Metaxa, der 15 Jahre in Eichenfässern gelagert wurde, zu uns nehmen. Als drittes Hauptgericht kann ich noch sehr empfehlen gebackene Calamari. Dies hier ist eines der wenigen Restaurants in Rom, wo die nicht wie Plastik auf der Zunge liegen und dementsprechend schmecken, sondern herrlich kross und zugleich saftig sind und mit einer exquisiten Knoblauchsoße garniert werden."

Schon während seiner langen Rede hatte Bu-Bu mehrmals auf die Uhr geschaut, aber Fil war immer noch nicht gekommen. Was war da nur los? Er war doch sonst so verlässlich. Hoffentlich war da nichts mit seiner Familie!

Die Kellner brachten als Aperitivo zunächst einmal für jeden ein Glas Ouzo, einen Schnaps mit Anisgeschmack, ähnlich dem arabischen Raki. Darauf folgte Retsina und dann die Riesen-, Riesenplatte mit einer gigantischen Menge von Vorspeisen aller Art. Alle schwelgten nur so in Gaumengenüssen.

Kurz bevor die diversen Hauptspeisen eintrafen, kam atemlos mit hängender Zunge und ernstem Gesicht Fil herein. Er ließ sich sogleich auf den noch freien Stuhl fallen, pustete sich aus und sagte dann, immer noch mit dem Atem ringend: „Entschuldigung, aber man hat schon wieder zwei Leichen aus dem Tiber gezogen, abermals so wie bereits die andern: zwei Männer, unbekleidet, die Köpfe zu einer blutigen Masse zusammengeschlagen und diesmal auch wieder mit abgeschnittenen Fingerkuppen."

Alle fuhren zusammen und stöhnten. Und Bu-Bu rief geradezu empört: „Ja, muss das denn sein?!" Das gab wieder neue Arbeit. Aber vielleicht ja auch neue Spuren. Fil hatte sich – das war der Grund seines späten Eintreffens – bereits darum gekümmert, die Leichen zur Obduktion in das Gerichtsmedizinische Institut der Sapienza zu Professor Pacelli bringen zu lassen und ihn telefonisch darum gebeten, doch möglichst bald seine hervorragenden „Zauberkünste" einzusetzen, um die Identität der Ermordeten herauszubekommen.

„Nun ja," sagte Bu-Bu, „im Moment können wir gar nichts tun. Jede Spekulation wäre zu diesem Zeitpunkt unsinnig, und darum lasst uns bitte, ohne über den Fall zu palavern, weiterspeisen, ,finché siamo dei viventi' – ,solange wir noch unter den Lebenden sind'."

Nach den Hauptspeisen gab es nochmals einen Kurzkommentar des Questore: „Ich glaube, ihr werdet mir alle zustimmen, dass das Essen so schlecht nicht war. Um aber den guten Eindruck der griechischen Küche nicht zu verdunkeln, empfehle ich, hier keinen

Nachtisch zu nehmen. Denn der ist in Griechenland ausgesprochen unterentwickelt. Was da noch einigermaßen gut ist, ist ein Imitat der türkisch-byzantinischen Küche, schrecklich süß und klebrig. Da freut sich nur der Zahnarzt. Ich schlage vor, nach dem angekündigten Sieben-Sterne-Metaxa und einem griechischen Café (wobei, anders als bei uns, gemahlener Kaffe und Zucker mit aufgekocht werden) zum Eisessen nach Giolitti zu gehen. Das ist in der Nähe des Parlaments auf der Via Uffici del Vicario. Die meisten von euch werden ihn ja wohl kennen. Man sagt, dort gebe es das beste Eis Italiens. Aber das stimmt überhaupt nicht. Das beste gibt es meiner Meinung nach in der „Pasticceria Siciliana" auf der Via Prenestina kurz vor Palestrina."

„Ja, Vice, fährst du da etwa extra eine Stunde mit dem Auto hin, um Eis zu essen?", fragte Luccio nicht ganz ernst.

„Natürlich nicht! Aber bei meinen Ausflügen in die Abruzzen komme ich dort oft vorbei und genieße. Aber schlecht ist auch das Eis von Giolitti beileibe nicht! Es ist sogar ausgezeichnet!"

Trotz der beiden neuen Leichen ging das Pranzone, das Riesenessen, dann recht fröhlich erst gegen 5 Uhr nachmittags bei Giolitti zu Ende.

Wieder mal ein Sonntag vorbei!, seufzte Bu-Bu innerlich. Und morgen geht das ganze Theater mit den Leichen wieder von vorn los. Man könnte geradezu in Variation eines Kinderliedes singen: „Da waren's jetzt schon sechs!"

***

Bustamante beschloss bei sich, weder die DNA-Analyse der Zigaretten- bzw. Zigarillostummel noch Spuren, die man vermutlich im Jeep finden würde, abzuwarten, sondern gleich am Montagmorgen zu Feldweibel Auf der Maur zu gehen, diesmal zusammen mit Luccio. Denn Marco war dabei, Recherchen über Cavaliere di Nobile und Schwester Claudia anzustellen;

Steve kümmerte sich um die Untersuchung des Jeeps sowie um die Analyse der Stummel und Fil um die neu aufgefundenen Ermordeten.

Auf der Maur hatte, wie an der Wache der Schweizer Garde zu erfahren war, bis gegen 10 Uhr Dienst. Darum gingen Bu-Bu und Luccio vor ihrem Besuch noch kurz an der Garage der Garde vorbei, wo der Erkennungsdienst der Kripo Rom und Steve bereits kräftig am Werk waren. Allgemeines Gestöhne: Der Wagen sei voll von den verschiedensten Fingerabdrücken, Haaren, Stoffresten, Bodenspuren und dergleichen. Wo sollte man da anfangen und wo aufhören? Der Questore bat darum, das Hauptaugenmerk auf Blutspuren, und wären sie auch noch so gering, zu richten und ansonsten nur auf besonders auffällige Spuren zu achten. Dann ging es weiter zu Auf der Maurs. Der Feldweibel empfing sie persönlich, seine Frau war zum Einkaufen unterwegs. Als man Platz genommen und Signor Auf der Maur sich wiederum umständlich ein Brissago-Zigarillo angezündet hatte, kam der Questore gleich zur Sache:

„Sie haben uns nicht alles über Ihre wirklich letzte Begegnung mit Monsignore Appenhofer gesagt. Bevor wir Ihnen unsere Beweise präsentieren, geben wir Ihnen die Chance, von sich aus zu sagen, was ‚der Fall war‘.“

Letzteres war eine für Bu-Bu sehr typische Wendung. Er vermied, wenn immer es ging, das Wort ‚Wahrheit‘. Es war ihm, dem Agnostiker, einfach zu hoch gegriffen.

Der Gardist schluckte, tat einige nervöse Züge an seinem Zigarillo und biss auf seine Lippen.

„Also … ich weiß nicht recht …“

„Kommen Sie, packen Sie aus, das ist für Sie besser, als wenn wir Sie erst mit unseren Beweisen konfrontieren müssen.“

Nochmals ein langer Zug an der Virginia, dann: „Ja, also … Ich habe Ihnen ja schon gesagt, dass ich den Jörg, also den Appenhofer, aufgefordert hatte, sich selbst anzuzeigen. Als ich in den nächsten zwei Tagen dann nichts davon vernahm, ging ich wieder zu ihm. Er war nicht in seiner Wohnung und, wie ich hörte, auch nicht zum Dienst erschienen. Da habe ich bei der Nachbarin nachgefragt, sie auch ein bisschen unter Druck gesetzt und ihr mit einem 500-Franken-Schein zugewunken, dann hat sie mir die Adresse von Appenhofer in Wales mitgeteilt. Ich bin daraufhin mit einem Jeep der Garde dahin gefahren und habe ihn vor die Alternative gestellt: ‚Entweder kommst du jetzt freiwillig mit mir nach Rom und zeigst dich selbst an, oder ich schlag dich hier und jetzt windelweich und verstau dich, selbst wenn deine Knochen dabei brechen, in den Laderaum meines Jeeps. Mitkommen musst du auf jeden Fall!‘“

„Warum haben Sie eigentlich so viel Wert auf die Selbstanzeige des Prälaten gelegt? Sollte das eine Form von Rache sein?“, fragte Luccio.

„Vielleicht auch ein bisschen. Aber vor allem ging es mir um meinen Jungen. Ich wollte ihm ersparen, als Zeuge vor Gericht auftreten zu müssen und über Einzelheiten der Schweinereien befragt zu werden.“

„Wie ging es dann weiter?“

„Er war bereit, freiwillig mitzukommen.“

„Und dann?“

„Nichts ‚und dann‘! Ich habe ihn nach einer fast vierundzwanzigstündigen Non-stop-Fahrt von Wales nach Rom, unterbrochen nur durch die Bahnverladung im Tunnel, nachmittags hier an seiner Wohnung abgesetzt. Auf der Fahrt haben wir kaum ein Wort miteinander gewechselt, aber bei der Ankunft habe ich ihm nochmals gesagt: ‚Du weißt, was du zu tun hast!‘ Als ich dann zwei Tage später erfuhr, dass dieses feige Schwein schon wieder verschwunden ist, habe ich ihn selbst bei der Personalstelle angezeigt. Ich war es einfach leid, jetzt nochmals nach ihm zu forschen.“

Bustamante wiegte seinen Kopf hin und her. „Und das ist jetzt die volle …, eh, ich meine: das stimmt jetzt voll und ganz mit den Tatsachen überein?“

„Ja, voll und ganz!"

Der Questore schaute Luccio an, der aber mit unbeweglichem Gesicht vor sich hin starrte. Dann unterbrach er die äußerst gespannte Stille: „Signor Auf der Maur, Sie haben uns schon einmal belogen. Ich weiß nicht, ob wir Ihnen jetzt glauben können. Aber das eine sage ich Ihnen: Ihr Jeep wird soeben minutiös untersucht. Wenn wir darin Blutspuren finden, die auf Monsignore Appenhofer verweisen, sind Sie geliefert. Sagen Sie uns lieber gleich, ob Sie an ihm handgreiflich geworden sind und ihn vielleicht beim Versuch, ihn mit Gewalt in den Wagen zu stopfen, umgebracht haben."

„Nein!", schrie der Feldweibel heraus, „er ist ganz freiwillig mitgekommen. Ich habe ihm nämlich, als er anfangs zögerte und nicht wusste, was er tun sollte, eine Beispielsgeschichte aus der alten griechischen Philosophie erzählt. Wissen Sie, die hat mich selbst einmal sehr beeindruckt: Wenn ein Hund mit einem Seil hinten an einem Pferdewagen angebunden ist, hat das Viech zwei Möglichkeiten: entweder weigert es sich mitzulaufen, dann wird es hinter dem Wagen hergeschleift, seine Pfoten werden aufgerissen, und schließlich wird es durch das Seil am Hals erwürgt, oder aber es läuft ‚freiwillig' mit, dann geht's ihm gut. In jedem Fall aber muss der Hund mit. So könne auch er, Jörg, wählen: freiwillig oder mit Gewalt, aber zurück nach Rom müsse er auf jeden Fall. Und dann hat er auch das einzig Vernünftige getan. Er fuhr ‚freiwillig' mit mir nach Rom zurück."

„Also, wir lassen das mal so stehen. Aber bitte, halten Sie sich zur Verfügung. Bis die Sache restlos geklärt ist, dürfen Sie den Vatikan bzw. Rom nicht verlassen. Und grüßen Sie mir den Benedikt und natürlich auch Ihre Gattin!"

***

Zurück im Ufficio, trafen beide Beamten Steve an. Der Erfolg war ihm ins Gesicht geschrieben. Er berichtete, dass man im

Jeep der Schweizer Garde ältere Blutspuren gefunden habe und außer vielen Einzelhaaren auch den Teil eines etwas merkwürdig aussehenden ganzen Haarbüschels, von dem man den Eindruck gewinnen konnte, es sei ausgerissen worden. All das sei jetzt zur genaueren Untersuchung im Labor der römischen Polizei.

Da ist also dieser selbstsichere Feldweibel doch noch nicht aus dem Schneider, sondern bleibt mitten drin, dachte Bustamante. Dann wandte er sich Rosalinda zu, die dauernd Zeichen machte, dass sie ihn zu sprechen wünschte.

„Denk dir nur, ich habe gerade ein Pläuschchen mit Professor Pacelli gehalten. Was ist das doch für ein netter Mann! Er hat mir gleich alles über seine Frau, ihren gemeinsamen Kinderwunsch und die ihm jetzt sehr fehlenden Kinder erzählt."

Bustamante konnte das sofort einordnen. Denn so über- und übergewichtig Rosalinda war und unförmig dazu, so engelgleich klang ihre Stimme am Telefon. Sie flötete weich und verständnisinnig in den Hörer hinein, dass die Herzen der Gesprächspartner ihr nur so zuflogen und mit ihr über Dinge ins Gespräch kamen, die man sonst vor einer wildfremden Person und dazu noch per Telefon nicht von sich gibt. Unzählige Kollegen und Bekannte hatten ihn schon darauf angesprochen: „Was hast du nur für eine liebenswerte Sekretärin!" So hatte Rosalinda auch wohl jetzt wieder den Professore zu einem vertrauensvollen Pläuschchen angeregt.

„Aber was wollte er denn?"

„Du mögest bald zu ihm kommen. Er sei mit der Obduktion so weit. Er habe nicht viel gefunden. Aber er könne doch gute Hoffnung machen, dass man die beiden Leichen wohl bald identifizieren werde."

„Na, wunderbar! Bitte ruf ihn zurück und teile ihm mit, ich käme gegen 16 Uhr, wenn es recht sei."

Schnell ein bisschen Fastfood in der Kantine essen, darauf das gewohnte Mittagsschläfchen, dann ging's wiederum mit Luccio zu Professor Pacelli.

Nach der Begrüßung die schon fast erwartete Formel: „Was haben Sie nur für eine liebenswerte Sekretärin! Meine Frau und ich würden sich freuen, sie mal kennenzulernen. Doch zur Sache! Zunächst einmal haben wir bei beiden Leichen wieder die uns schon bekannten Pharmaka gefunden: Kaliumchlorid, die Todesursache, und dann vorher etliche unterschiedliche Barbituratgaben. Dann habe ich natürlich Material für einen Gentest entnommen, um abzugleichen, ob die Opfer in unserer italienischen Datei vorkommen. Da aber bei uns ja nur im Fall schwerer Gewalt- und Sexualverbrechen Daten gespeichert werden, ist es höchst unwahrscheinlich, aber natürlich auch nicht ganz ausgeschlossen, auf diesem Weg die Identität herauszufinden. Das Ganze wird aber noch einige Tage dauern. Was nun andere Wege der Identifikation betrifft, muss ich gleich vorweg sagen: Es waren am Leichnam zunächst einmal keine besonderen Kennzeichen zu ermitteln, es sei denn einige eigenartige Tätowierungen, die bei beiden identisch sind. Nun gibt es ja gerade in letzter Zeit Tätowierungen en masse. Die sind zu einer wahren Modekrankheit geworden. Gott sei Dank werden sie heute nicht mehr in Hinterhöfen und Haftanstalten von dubiosen Existenzen oder gar Kriminellen durchgeführt, sondern von ‚Studios‘, die behördlich angemeldet sind und von den Autorità sanitarie, der Gesundheitspolizei, ständig überwacht werden. Das lässt hoffen, die Herkunft der Tattoos, mit denen wir es hier zu tun haben, ermitteln zu können.“

„Na, ob wir da bei der Überfülle von möglichen Tätowierern nicht überfordert sind!“, warf Luccio ein.

„Ich glaube nicht!“, entgegnete der Professor. „Meines Wissens gibt es weniger als etwa 50 derartige ‚Studios‘ in Rom. Und ich bin ziemlich sicher, dass diese Tattoos hier in einem erstklassigen ‚Studio‘ angefertigt wurden. Denn viele Tätowierungen werden nach Vorlagen, mit Schablonen und maschinell ausgeführt, andere dagegen ‚freihändig‘. Die Tätowierungen in unserem Fall sind aller Wahrscheinlichkeit nach ‚freihändiger Art‘. Sie fallen auch ziemlich aus dem Rahmen des Gewohnten heraus. Ich habe jedenfalls in meiner langjährigen Praxis solche Tattoos noch nicht gesehen: zwei nicht sehr große, aber äußerst fein und ziseliert gearbeitete, mit vielen Ornamenten versehene Herzen, durch die ein Pfeil geht. Ich habe Ihnen hier ein Foto gemacht. Und ich bin ziemlich sicher, dass Sie damit den ‚Künstler‘ oder wie immer man sonst den Tätowierer nennt, ermitteln können.“

Bustamante reichte das Foto an Luccio weiter.

Der Professor fuhr fort: „Auffällig ist dabei vor allem die eigenartige Platzierung dieser Tattoos. Schauen wir sie uns mal an!“

Der Professor führte sie in den Obduktionssaal und lüftete das Tuch, das über einer der beiden, auf dem Seziertisch ausgestreckten Leichen lag. Mit Hilfe eines Assistenten drehte er sie sogleich um. Da prangte auf der höchsten „Erhebung“ jeder der beiden Po-Backen das vom Professor beschriebene Tattoo, das wirklich „schön“ und detailliert ausgearbeitet war. Pacelli drehte die Leiche wieder um und wies auf die ungemein zahlreichen Piercings im Schamhaarbereich hin.

„Es fehlen hier praktisch keine der vielen Piercingarten, die es im Genitalbereich überhaupt gibt. Und da gibt es sehr viele. Sie werden staunen, wenn Sie sich darüber mal in der Fachliteratur informieren. Ich habe das auch getan, weil ich mich in dieser Materie nicht auskannte. Schauen Sie nur: Alle nur denkbaren Stellen und Methoden, Piercings anzubringen, sind hier zu finden. Diese Leiche hier könnte geradezu ein Anschauungsmodell für die im Internet genannten Piercings in diesem heiklen Bereich sein. Die andere Leiche dagegen weist zwar die gleichen beiden Tattoos auf den Po-Backen auf, hat aber keine

Piercings, mit Ausnahme eines sogenannten Guiche-Piercing, welches die andere Leiche nicht hat. Giuche-Piercings sind meines Wissens vor allem in der SM-Schwulenszene anzutreffen."

In der kurzen Zeit, in der der Professor das Tuch wieder über die Leiche zog, arbeiteten die Gehirnzellen Bu-Bus mit denkbar höchster Intensität und Geschwindigkeit.

„Professore, aber auch du, Luccio, was wäre zu folgender Theorie oder besser: Hypothese zu sagen? Die Tattoos, wie wir sie hier sehen, scheinen mir eine eindeutige nonverbale Einladung zum Sex zu sein. Das heißt: Beide Mordopfer dürften in der Schwulenszene zu Hause sein. Das wird noch in einem Fall durch dieses ... wie heißt es noch? Guiche-Piercing bestätigt. Und dann ist da die Übereinstimmung der Tattoos beider Opfer. Das könnte mindestens ein Zeichen dafür sein, dass die zwei zusammen in einer Partnerschaft lebten."

„Das bedeutet aber, das bedeutet aber", sagte Luccio mit gewichtiger Stimme, „dass wir es hier nicht mit Pädophilen zu tun haben."

„Das halte auch ich für ganz und gar unwahrscheinlich", stimmte der Professor zu. „Alle Zeichen zusammen ergeben geradezu Gewissheit darüber, dass wir es hier nicht mit Pädophilen zu tun haben: die Art und Weise der Tattoos, die Piercings, die mögliche Partnerschaft. Eines allerdings ist noch weiter zu bedenken: Das Faktum, dass der oder die Mörder im Unterschied zu den beiden vorangehenden Mordfällen die Fingerkuppen der Opfer wieder abgeschnitten haben, lässt vermuten, dass man davon überzeugt war, dass deren Fingerabdrücke gespeichert und die Opfer dadurch hätten identifiziert werden können. Mit anderen Worten: Vermutlich haben wir es auch hier mit Verbrechern, aber eben nicht mit Kinderschändern zu tun."

„Scheiße!", entfuhr es Bu-Bu fast ungewollt. „Ich stimme ja all dem voll zu. Aber das würde heißen, dass wir unsere Recherchen auf eine ganz neue Grundlage stellen müssen! Vermutlich sind wir bisher in eine falsche oder sagen wir besser: in eine zu exklusive Richtung, eben in Richtung Kindesmissbrauch gesegelt! Oh je, darüber werde ich noch intensiv nachdenken müssen."

Bu-Bu und Luccio verabschiedeten sich herzlich vom Professore, nicht ohne dessen „Zauberkünste" nochmals gebührend anerkannt zu haben.

Während der Fahrt im Dienstwagen zurück zum „Palazzo della Giustizia" ging es dann Schlag auf Schlag mit zahlreichen Telefongesprächen weiter. Zunächst mit Fil: er solle sich, wenn er nicht zufällig ohnehin gerade im Ufficio sei, sofort das Tätowierungsfoto abholen und eine Großfahndung nach dem Studio oder dem „Künstler" anstellen, der diese Tattoos gemacht hat. „Spätestens morgen Nachmittag will ich ein Ergebnis haben!" Und im Übrigen sei morgen früh um 9 Uhr dringende Dienstbesprechung.

Dann Gespräch mit Steve und Marco über eventuelle Ergebnisse, die sie herausgebracht hätten. Antwort: „Noch nichts!"

Einladung zur Dienstbesprechung.

Dann Gespräch mit Monsignore Morreni, er möge morgen bei der Dienstbesprechung mit dabei sein.

Dann Gespräch mit Rosalinda. Er, Bustamante, sowie Luccio würden zwar gleich selbst im Ufficio eintreffen, aber sie möge sich jetzt schon für morgen auf die Dienstbesprechung einstellen (Kaffee, Tee, Martini, Biscotti).

Nach einigen Erledigungen im Büro war es schon wieder sechs Uhr. Bu-Bu fühlte sich entsetzlich müde, vermutlich weil er bei seiner Wetterfühligkeit gar sehr spürte, dass das bisherige herrliche Oktoberwetter gerade am Umschlagen war, aber auch weil die neuen Informationen ihn frustrierten, mehr noch: ihn völlig depressiv machten. Jetzt musste fast der ganze Untersuchungsprozess wieder von vorn beginnen. Aber auf welche Weise? Wo waren zielführende

Spuren? Selbst Meister Jakob spürte wohl die gedrückte Stimmung: Von den beiden einzigen Worten, die er zu krächzen vermochte: „Va bene!" (Gut! In Ordnung!) und „Mannagia!" (Verdammt!) gab er fast ausschließlich das letztere von sich.

Viertes Kapitel
Musik wird jählings abgebrochen

Dienstag, 26. Oktober bis Donnerstag, 28. Oktober

Die Dienstbesprechung am folgenden Morgen führte auch nicht recht weiter. Der Questore gewann sogar den Eindruck, dass er sie zu unüberlegt einberufen hatte. Informationen, die für die weitere Arbeit wesentlich waren, standen einfach noch nicht zur Verfügung. Die Suche nach dem Tattoo-Studio und über dieses nach der Identität der Leichen, die DNA-Untersuchung der im Jeep gefundenen Blutspuren sowie der Abgleich des „genetischen Fingerabdrucks" der Ermordeten mit den in Italien gespeicherten Daten: all das brauchte Zeit. Die Recherchen von Fil und Luccio bei den Nachbarn der beiden Prälaten hatten noch zu nichts geführt. Ebenso wenig gab es irgendwelche neuen Perspektiven aufgrund der Durchsicht des Tagebuchs von Monsignore Scarglieri.

Marco hatte sich bisher nur mit dem Cavaliere di Nobile, dem Personalchef, befassen können. Der sei ganz und gar „koscher". Früher sei er in einem kleinen Seminar gewesen, habe also Priester werden wollen, studierte dann Jura und engagierte sich seit ungefähr dieser Zeit in der Focolar-Bewegung. Er sei glücklich verheiratet und habe, sage und schreibe, zehn Kinder. Nein, einen solchen Mann könne man ohne sehr gewichtige konkrete Hinweise nicht unter Mordverdacht stellen. Der Schwester Claudia werde er ab heute nachgehen.

So blieb nur eins: sich auf die neue Situation einzustellen. Es schien jetzt sehr wahrscheinlich zu sein, dass in allen sechs Mordfällen Kindesmissbrauch nicht die *entscheidende* und schon gar nicht die einzige Rolle spielte. Denn von den insgesamt sechs Opfern waren nur drei als Kinderschänder ausgewiesen.

Bu-Bu ließ sich deshalb die boshafte Bemerkung nicht nehmen: „Salvatore, da können sich jetzt die beiden Eminenzen wirklich freuen: Ihr Bild von einer makellosen Kirche bleibt in der Öffentlichkeit unbeschmutzt. Und das ist für diese Herren ja das Wesentliche: *in der Öffentlichkeit* gut dastehen. So können sie weiter in ihrem selbstangelegten wohlriechenden Rosengarten ihr Glasperlenspiel fern der bösen Welt spielen."

Monsignore Morreni wusste, dass man zu solchen Bemerkungen Bu-Bus am besten schwieg; das ärgerte ihn nämlich am meisten.

Aber was hatte es für Konsequenzen, dass man die Opfer und den/die Täter nun nicht mehr auf den Bereich Kindesmissbrauch bzw. Rache wegen Kindesmissbrauch einschränken konnte?

„Es gibt da," bemerkte Marco, „zwei oder drei alte Kriminalromane von Edgar Wallace, in denen sich die Handlung darum dreht, dass sich ein einzelner oder eine kleine Gruppe zum Ziel gesetzt hat, ungesühnte Verbrechen selbst zu bestrafen. Das ist natürlich alles Fantasie, aber ich kriege die Idee nicht aus dem Sinn. Alle unsere Mordopfer haben, soweit wir das wissen, etwas auf dem Kerbholz. Das kann doch kein Zufall sein! Wir müssen auch daran denken: Es gibt fundamentalistische Kreise, gerade hier im Vatikan, die es außerordentlich bedauern, dass die katholische Kirche sich dem weltweiten Trend angepasst hat, die Todesstrafe zu disqualifizieren und abzulehnen. Man darf nun nicht vergessen, dass im alten Vatikanstaat die letzte Todesstrafe zwar schon 1870 vollstreckt wurde, aber erst – man staune! – 1969 per Gesetz abgelehnt und noch später, nämlich erst 2001, aus der vatikanischen Verfassung gestrichen wurde."

„Was du alles weißt!", staunte der Questore. Aber Marco erzählte ungerührt weiter:

„Ich erinnere auch an den erbitterten Streit, als man die Passagen zur Todesstrafe, wie sie im sogenannten ‚Weltkatechismus‘ in der allerersten Fassung von 1992 standen, auf Protest der Weltöffentlichkeit hin ändern wollte. Die Urfassung des Katechismus hielt nämlich die Tür für die Todesstrafe noch ziemlich offen. Da hieß es – ich glaube unter den Nummern 2266f –, dass die Kirche anerkennt, der Staat handle rechtmäßig, wenn er ‚der Schwere des Verbrechens angemessene Strafen verhängt, *ohne in schwerwiegendsten Fällen die Todesstrafe auszuschließen‘*. Die endgültige Fassung aus dem Jahr 2003 war da schon differenzierter. Da heißt es meiner Erinnerung nach nur noch, dass die überlieferte Lehre der Kirche die Todesstrafe nicht ausschließt, ‚wenn dies der einzig gangbare Weg wäre, um das Leben von Menschen wirksam gegen einen ungerechten Angreifer zu verteidigen.‘ Und dann wird dies nochmals eingeschränkt durch den Hinweis, der Staat verfüge über genügend andere Mittel, Verbrecher unschädlich zu machen, und deswegen seien ‚die Fälle, in denen die Beseitigung des Schuldigen absolut notwendig ist, schon sehr selten oder praktisch überhaupt nicht gegeben.‘ Also das Türchen für die Todesstrafe war zwar immer noch da, aber sehr viel enger. Und nun hat der gegenwärtige Papst sogar die Tür ganz verschlossen, indem er …"

„Signor Ronconi, halten Sie uns eine Vorlesung?", fragte Monsignore Morreni ein wenig spitz, aber nicht unfreundlich.

„Nein, ich wollte nur den Hintergrund meiner Frage beleuchten: Könnte es nicht sein – rein hypothetisch gesprochen –, dass da jemand oder viele jemande, denen diese Entwicklung in der Kirche nicht passt, auf eigene Faust die Todesstrafe verhängen und durchführen?"

„Aber entschuldige, Marco!", fuhr Fil dazwischen. „Das ist doch hirnrissig. Die Mordopfer waren, soweit wir das festgestellt haben – über die letzten beiden wissen wir ja noch nichts –, keine Kandidaten für die Todesstrafe, vielleicht mit Ausnahme des einen wirklich brutalen Kinderschänders von Mailand. Aber wenn man alle Verbrechen, wie die uns bisher bekannten, mit dem Tod bestrafen würde, gäbe es ja kein Aufhören mit dem Morden."

„Nun ja, vielleicht sind ja auch die sechs Morde erst ein Anfang", entgegnete Marco.

„Nein, das glaube ich nicht!", meinte auch Luccio. „Aber doch noch mal zurück: Wenn die Hälfte unserer Mordopfer tatsächlich Kindesmissbrauch begangen hat, dürfte da doch irgendein Zusammenhang bestehen. Welcher, weiß ich natürlich auch nicht. Doch sollten wir jetzt unsere Morde nicht völlig von den Missbrauchsfällen abhängen! Und im Übrigen halte ich den Grundgedanken von Marco, es könne hier jemand Todesstrafen vollstreckt haben, für durchaus erwägenswert."

„Wir palavern da herum und kommen doch nicht weiter!" unterbrach der Questore, und am Tonfall merkte man, dass das eine Art Schlusswort war. „Wir müssen wenigstens bis morgen Nachmittag warten, dann dürften die ersten Ergebnisse der noch ausstehenden Untersuchungen vorliegen. Bis dahin soll jeder seinen Aufgaben, soweit er sie noch nicht ganz erledigt hat, weiter nachgehen bzw. Kontakt mit den Stellen halten, die da noch mit den offenen Untersuchungen befasst sind. Ich werde dann rechtzeitig Bescheid geben, wann wir uns wieder treffen."

Irgendwie machte sich bei allen eine riesige Frustration breit. Sie wurde auch nicht geringer, als dann am darauf folgenden Nachmittag die römische Polizei einen Erfolg melden konnte: Man hatte den Tätowierer der zwei letzten Leichen gefunden und über ihn die beiden Opfer identifizieren können. Sie hießen Chicco Toldi und Pepe Varese, zwei kleine Ganoven, die bisher nur durch mäßige Betrügereien und unbedeutende Einbrüche aufgefallen und aktenkundig waren. Beide waren tatsächlich, wie von Bu-Bu und Pacelli vermutet, ein Homo-Paar und in der schwulen Szene zu Hause. Von Pädophilie gab es jedenfalls nicht die allergeringste Spur. Bu-Bu gab sofort Anweisung, Fil möge im Milieu der beiden Ganoven Nachforschungen anstellen. Die römische Polizei werde da ja doch wohl mit Sicherheit über einige verdeckte Ermittler oder kleine Informanden verfügen. „Vielleicht wissen die etwas darüber, in was für dunkle Geschäfte Chicco und Pepe in letzter Zeit möglicherweise verwickelt waren. Möglich, dass sich ja von da aus der Ansatz für neue Untersuchungen ergibt."

Die Identifizierung der beiden letzten Opfer brachte also nichts Neues, bestätigte aber nunmehr endgültig, dass man nicht einlinig von den Missbrauchsfällen her an die Mordfälle herangehen durfte. Die allgemeine Frustration wurde durch diese schnell an alle Mitarbeiter weitergegebene Nachricht nicht gerade geringer.

Und noch einmal Frust durch die Nachricht, das im Jeep der Schweizer Garde gefundene Blut sei das eines Wildtiers, von ihm stamme mit Sicherheit auch das Haarbüschel. Ein Hund, vermutlich ein Jagdhund, könne das Ganze bei Gelegenheit einer Jagd in das Fahrzeug hineingeschleppt haben.

Was nun? Zu allem Überfluss war am morgigen Vormittag noch eine Pressekonferenz des Innenministeriums angekündigt. Bustamante hatte sich massiv dagegen ausgesprochen ganz einfach deshalb, weil es keine relevanten Informationen weiterzugeben gab. Aber die Presse hatte den Minister so weichgeklopft und Feuer und Mordio geschrien, dass dieser schließlich nachgab. Jetzt musste er, Bu-Bu, den Karren aus dem Dreck ziehen, besser: er musste so tun, als ob man mit Erfolg dabei wäre, den Karren aus dem Dreck zu ziehen. In Wirklichkeit steckte der ja noch voll drin.

Um Worte war der Questore nie verlegen. Mit einem gewinnenden Lächeln begann er, nachdem der Minister die Presse begrüßt und ihm das Wort erteilt hatte, lang und breit mit weitschweifigen Ausführungen. Umständlich hob er den riesigen Erfolg hervor, den man mit der Identifizierung von insgesamt sechs entstellten Leichen gehabt habe, ein Erfolg, an dem der Gerichtsmediziner Professor Pacelli den Löwenanteil für sich in Anspruch nehmen könne. Ausführlich, wortreich und sich ständig wiederholend berichtete er dann über die einzelnen Mordopfer. Im übrigen aber – so schloss er – verfolge man augenblicklich sehr, sehr heiße Spuren, und … man möge bitte verstehen, dass darüber hier und jetzt keine weiteren Auskünfte erteilt werden könnten.

Die gewieften Presseleute rochen den Unrat. So leicht ließen die sich keine Potemkinschen Dörfer vormachen.

Der Gerichtsreporter des „Messagero" schoss gleich ins Schwarze: „Welches Gewicht misst man dem Umstand zu, dass zwei der römischen Opfer nicht nur vatikanische Prälaten, sondern auch Kindesschänder waren?"

Weil über diesen Punkt bisher in der Öffentlichkeit noch gar nichts verlautet worden war, rief diese Frage äußerste Erregung hervor. Bewegung ging durch die Reihen, unruhiges Tuscheln machte sich breit. Auch Bu-Bu war über diese Bemerkung des Messagero-Journalisten nicht gerade glücklich. Aber todunglücklich, wenngleich nicht durch seine Schuld, würde mit Sicherheit die vatikanische Hierarchie sein. Jetzt konnte man nichts mehr vertuschen. Da hatte der Reporter offenbar selbst Recherchen im Vatikan angestellt. Und irgendeiner der Beteiligten oder Bekannten von Beteiligten hatte ihm die Laus in den Pelz gesetzt.

Bustamente räusperte sich und bemerkte in möglichst unschuldigem Ton. „Sehen Sie, es ist keineswegs," er wiederholte, „keineswegs erwiesen, dass es da überhaupt Zusammenhänge gibt. Immerhin hat wenigstens die Hälfte der Mordopfer nichts mit Kindesmissbrauch zu tun. Und zudem ist der Tatbestand des Kindesmissbrauchs bei den römischen Prälaten eher niedrig einzustufen."

„Aber die Öffentlichkeit sollte doch über mögliche, wenn auch nur mögliche Zusammenhänge informiert werden. Vielleicht bekämen Sie dann von ihr sogar weitere Tipps und Hinweise!"

Aufgeregt meldete sich der Gerichtsreporter vom „Quotidiano": „Ich höre die Geschichte vom Kindesmissbrauch durch vatikanische Prälaten gerade zum ersten Mal. Bitte, geben Sie uns weitere Informationen. Sonst müssen wir alle, jeder privat für sich, im Vatikan recherchieren. Das kann auch den kirchlichen Stellen nicht angenehm sein.

„Kein Kommentar!", antwortete der Questore. „Wir haben es hier mit sehr sensibler Materie zu tun, zu der immerhin auch Kinder und deren Familien gehören. Ich bin nicht bereit, da Zusammenhänge zwischen Mord und Kindesmissbrauch überhaupt nicht feststehen, weiter darüber zu sprechen."

„Gehen Sie denn wenigstens der Sache nach?", fragte der Vertreter des „Quotidiano".

„Wir gehen allen nur denkbaren Spuren nach und ermitteln in alle Richtungen."

Natürlich kannten die Journalisten zur Genüge solche nichtssagenden, dummen Sprüche und wurden deshalb trotz der immer noch lächelnden Miene des Questore aggressiver.

„Haben Sie nicht bedacht, dass die Serie der Morde weitergehen könnte und dass in diesem Punkt auch die Sicherheit der Stadt Rom auf dem Spiel steht? Was geben wir in der Welt für ein Bild ab, wenn jetzt pausenlos Morde bei uns geschehen und die Polizei sich unfähig zeigt, diese aufzuklären?", so der Mann vom „Corriere della Sera".

„Gemach, gemach, Gevatter!", erwiderte Bu-Bu ironisch, indem er eine bekannte Formulierung aus alten Kinderbüchern aufgriff. „Wir werden schon noch aufklären. Oder nennen Sie mir doch mal auch nur einen einzigen Fall, für den ich zuständig war und der nicht aufgeklärt wurde?"

Journalisten stellen Fragen, lieben es aber nicht, so präzise befragt zu werden.

Etwas kleinlaut meldete sich nochmals der „Corriere": „Noch eine Frage: Wie erklären Sie sich, erstens dass alle Ermordeten, also alle Opfer, zugleich auch Verbrecher, also Täter sind?

„Wir stehen noch mitten in der Ermittlung. Sie werden das rechtzeitig erfahren!"

„Dann sagen Sie uns wenigstens, was das zu bedeuten hat, dass zu Anfang, in Mailand, die Mordopfer noch Schwerverbrecher waren. Dann wurden aus ihnen ‚leichte' Kinderschänder und schließlich kleine Ganoven."

„Auch dazu: No comment!"

Ma per bacco (Donnerwetter)!, dachte Bu-Bu bei sich. Der Mensch vom „Corriere della Sera" hatte tatsächlich etwas erfasst, was ihm selbst in dieser Schärfe noch nicht so bewusst geworden war: Die Schwere der Untaten der Mordopfer nahm ständig ab. Zufall?

Der Minister ergriff das Wort, bedankte sich für das Interesse der Presse und gab der Hoffnung Ausdruck, schon sehr bald mit detaillierten Fahndungsergebnissen aufwarten zu können. Offensichtlich unzufrieden machten sich die Journalisten auf den Weg.

Bustamante war und blieb in depressiver Stimmung. Einmal wegen des nass-kalten, trübseligen Herbstwetters, das ihm einfach auf die Nerven und aufs Gemüt ging, aber dann vor allem auch wegen des stockenden Falls und der Perspektivlosigkeit ihrer bisherigen Arbeit. Er hatte auf der Pressekonferenz den Mund bezüglich baldiger Fahndungserfolge sehr voll genommen, sah aber derzeit in Wirklichkeit keinerlei Ansätze, die Grund zum Optimismus gaben.

Daheim zur Siesta auf dem Sofa liegend, ging er allen nur denkbaren Theorien und Hypothesen nach und verwarf sie ebenso schnell wieder, wie sie durch seinen Kopf gingen. Und zudem: Was stand überhaupt noch an Perspektiven aus?

Marco wollte noch weiter in Sachen Schwester Claudia recherchieren. Ziemlich aussichtslos!

Fil hörte sich im Ganovenmilieu um. Sollte das was bringen? Luccio und Steve waren mit der Befragung der Nachbarn von Appenhofer und Scarviglieri noch nicht ganz zu Ende gekommen. Erwartungen? Mittlerweile praktisch gleich null!

Vielleicht könnten die beiden im Anschluss daran noch einmal dem Metzger Carlo Baiocchi und vielleicht auch dem Conte auf den Zahn fühlen. Erfolgsaussichten? Minimal!

Viel zu wenig hatte man wohl bisher in Rechnung gestellt, dass der Tod jeweils durch eine intravenöse Injektion samt vorbereitenden Spritzen herbeigeführt wurde und deshalb Ärzte oder dergleichen dabei eine Rolle spielen könnten. Darauf hatte Marco zurecht hingewiesen. Doch andererseits ließe sich eine Spritze leicht von jedermann verpassen. Und ist nicht tatsächlich diese Weise der Ermordung für jeden denkbaren Täter die bequemste und am wenigsten auffällige?, sinnierte Bu-Bu. Vielleicht ist unser Täter auf seine Weise gar ein „Gutmensch", der mit der Gabe der Barbiturate vorher den Opfern wenigstens einen schmerzfreien „schönen" Tod bereiten wollte. Fragen, Fragen!

Auch bezüglich der grässlichen Deformation der Köpfe müsste man wohl nochmals neu Überlegungen anstellen. Er selbst war dazu in Gedanken schon einer Fülle von Theorien nachgegangen, er hatte sich alle nur denkbaren Möglichkeiten ausgedacht und dann doch wieder verworfen. Aber vielleicht waren diese Deformationen auch gar nichts Hervorstechendes und verdienten deshalb auch keine besondere Aufmerksamkeit, wenn man davon ausging, dass der Täter damit die Identifizierung der Leichen unbedingt verhindern wollte. Und dass er das wollte, zeigten ja die abgeschnittenen Fingerkuppen. Natürlich hätte man die Gesichtszüge auch weniger total zerstören können, aber, wie Professor Pacelli meinte, sei die Sache mit einem simplen Schraubstock ja höchst einfach und wirkungsvoll zu erledigen gewesen. Demgegenüber wären alle anderen Verunstaltungen des Gesichts zum Zwecke der Unkenntlichmachung vermutlich entweder sehr viel aufwändiger durchzuführen, oder sie konnten mit heutigen Computerprogrammen, die sich an noch unzerstörten Backenknochen, Gebiss und Hirnschale orientierten, sehr leicht überlistet werden. Gelegentlich konnten diese Programme erstaunlich genau Gesichtsrekonstruktionen erzeugen. Auch die Beseitigung der Leichen im Naviglio Grande bzw. im Tiber war genauso einfach wie optimal. Man brachte die Leichen ratzeputz zum völligen Verschwinden und gewann damit wenigstens zwei Tage Zeit zwischen dem Zeitpunkt der Ermordung und dem des Auffindens der Opfer.

Wenn man es also recht betrachtete, zeigte die Art und Weise der Morde eine klare Logik und Logistik. Wem kann man so etwas zutrauen? Sollte vielleicht die Mafia oder eine Geheimdienstaffäre dahinter stehen? Steve, der über gute Beziehungen zu den verschiedensten Geheimdiensten verfügte, könnte dem mal nachgehen.

Nach einem Blick auf die Uhr, es war schon 16 Uhr und damit die Siestazeit vorbei, rief er Monsignore Morreni an:

„Salvatore, ich habe gerade intensiv über unseren Fall nachgedacht, und da ist mir eine Idee gekommen: Ihr habt ja einen eigenen Geheimdienst, über den nicht viel gesprochen wird, der aber nichtsdestoweniger keinen schlechten Job macht. Ich weiß, dass er im Kalten Krieg sogar sehr erfolgreich war und aufs engste mit der CIA zusammengearbeitet hat. Wäre es denkbar, dass unsere Morde irgendeinen geheimdienstlichen Hintergrund haben?"

„Nein, ich weiß nichts davon. Wirklich nicht! Und ich glaube es auch nicht. Denn sieh mal: Eine geheimdienstliche Affäre, die sechs Morde ‚wert ist', müsste riesig groß sein. Und davon müsste ich Kenntnis haben. Und dann die beiden kleinen Ganoven: die passen einfach nicht in eine große Sache rein!"

„Ja, irgendwie hast du recht. Aber irgendwo muss es doch einen Weg geben, die Morde einzuordnen und zuzuordnen!"

„,Irgendwie und irgendwo': Ja! Aber, wie du häufig zu sagen pflegst: ,That's your job!', um den ich dich wahrlich nicht beneide. Trotzdem: Wir müssen mal wieder Schach spielen."

„Vermutlich geht das erst, wenn diese ganze Sache vorüber ist. Mach's gut, Salvatore!"

„Ciaò, Bu-Bu!"

Der Questore legte sich erschöpft für einige Minuten wieder auf sein Siesta-Sofa zurück. Hätte er nur gewusst, dass die wahre Lösung des Falles längst schon in seinem Kopf war, da sie sich in den auf seiner Liege fantasierten Theorien und Hypothesen schon seit langem eingestellt hatte!

***

Was also nun? Bu-Bu hatte den Eindruck, bei diesem undurchdringlichen und verwirrenden Stand der Dinge mal auf andere Gedanken kommen zu müssen. Und was bot sich da eher an, als noch einmal die ihm vor fünf Tagen ins Haus geflatterte Einladung zu einem Abend im Club „Novità" anzunehmen? Zwar hatte der letzte „Salon" erst vor knapp zehn Tagen stattgefunden. Da aber Professor Fisichella ab November bis zum kommenden Frühjahr eine Gastprofessur am MIT (Massachussetts Institut of Technology) wahrzunehmen hatte, zog man den Abend mit ihm vor, auch wenn dadurch zwei Angehörige ähnlicher Berufe, in diesem Fall: Mediziner, unmittelbar nacheinander an die Reihe kamen, was man sonst vermied.

Er rief Professor Pacelli an, um sich anzumelden und die genaue Lage des Veranstaltungsortes, der Wohnung Fisichellas, zu erfragen.

„Sie liegt ganz in der Nähe der Gemelli-Klinik."

Bu-Bu kannte sie gut. Die Klinik gehörte zur Katholischen Universität von Mailand und war das mit Abstand beste Krankenhaus von Rom, gerade gut genug für die High Society, Politiker, Diplomaten und … Päpste. Immerhin war hier auch

Johannes Paul II. nach seinem Attentat behandelt worden und hatte vor seinem Tod einige Zeit in dieser Klinik verbracht, unter riesiger Belagerung durch Fernsehen und Presse aus aller Welt.

Pacelli hatte offenbar Zeit, um mit ihm noch ein wenig zu parlieren: „Eine wunderbare Villa, die sich Fisichella da vor vier Jahren, als er von Mailand nach Rom gerufen wurde, gebaut hat. So ein Grundstück kriegt man nicht noch einmal. Es gehörte früher zum Garten der Klinik. Und nur weil man Fisichella unbedingt in Rom haben wollte, hat man ihm diese Baumöglichkeit sozusagen als Morgengabe geschenkt, und Andrea hat sie sehr gut genutzt. Er hat sich da ein Paradies hingesetzt. Sie werden darüber begeistert sein. Ebenso wie über das Büffet. Der Mensch ist zwar unverheiratet, hat aber eine unübertreffliche Hausdame und erwartet von der Frau seines Oberassistenten, dass sie bei solchen Empfängen mitwirkt."

Pacelli kicherte. „Bevor er deshalb einen Oberassistenten anstellt, muss nicht nur dieser seine wissenschaftliche Begabung unter Beweis stellen, sondern auch dessen Gattin ihre hauswirtschaftliche. Aber ich komme ins Schwätzen. Was macht denn unser Fall bzw. unsere Fälle? Ich habe schon von der Identifizierung der letzten beiden Leichen gehört. Gratuliere!"

„Na, daran waren ja hauptsächlich Sie schuld. Aber momentan geht nichts recht weiter."

„Wird schon werden, wird schon werden!", tröstete der Gerichtsmediziner. „Bis heute Abend also! Ich freue mich, dass Sie kommen!"

Kaum hatte Bustamante aufgelegt, schellte das Telefon schon wieder, und Marco meldete sich. „Marco, wo steckst du eigentlich?"

„Ich rufe aus Mailand an und wollte dir schnell einen Zwischenbescheid wegen Schwester Claudia geben. Sie gehört zu einem Säkularinstitut alten Stils, das auch immer noch Ordenskleidung besitzt. Dieses Institut hat auch eine Station in Rom.

Von ihren Mitschwestern in Rom erfuhr ich heute Morgen, dass Claudia früher Krankenschwester war und auch jetzt noch in der Nachbarschaft Kranke betreut. So geht sie zum Beispiel regelmäßig zu einigen Zuckerkranken, um ihnen Insulin zu spritzen. Als ich das hörte, hat's bei mir geläutet, und ich bin sogleich mit der „Frecciarossa" (Hochgeschwindigkeitszug) nach Mailand gefahren und habe dort Kontakt mit unseren Kollegen aufgenommen. Und jetzt kommt's: Schwester Claudia hatte einen kleinen Bruder, der vor vielen Jahren brutal missbraucht wurde und an den Folgen dieser Untat starb. Der Täter war – und jetzt wird's ganz heiß! – eines der Mordopfer von Mailand, der sich nach Verbüßung seiner langjährigen Haftstrafe, wie du weißt, nicht lange seiner Freiheit erfreuen konnte. Und weiter geht's: Es lag mal eine Anzeige gegen den Vater von Schwester Claudia vor wegen – jetzt darfst du mal raten! – wegen Missbrauchs seiner Tochter, als diese so um die elf Jahre alt war. Diese Anzeige, die aus dem Verwandtenkreis kam, wurde aber schon bald zurückgenommen, zumal der Vater – man höre und staune! – nach dem Tod seines Söhnleins Suizid verübte. Das heißt: Schwester Claudia muss vor diesem Hintergrund hoch sensibilisiert sein für Kindesmissbrauchs- und Suizidhandlungen. Und beides spielt ja bei den Mailänder Fällen eine Rolle. Morgen nehme ich noch Kontakt mit den Stellen auf, an denen Schwester Claudia studiert und dann gearbeitet hat."

„Spitze! Hervorragend! Wirklich gut, Marco! Das hat uns jetzt endlich einen Schritt nach vorn gebracht. Wobei allerdings noch manche Fragen offen sind. Denn ich halte es für ganz unmöglich, dass diese dickliche Schwester, die schon kurz vor dem Seniorenalter steht, allein mit den Morden zu tun hat. Aber jetzt haben wir erst mal einen neuen, erfolgversprechenden Ansatz. Danke, Marco! Ich erwarte dich dann, wenn es möglich ist, spätestens morgen, übermorgen zurück. Ciaò!"

Bu-Bu jubelte innerlich. Jetzt konnte er erleichterten und frohen Herzens am abendlichen „Salon" des hochberühmten Fisichella teilnehmen.

***

Pacelli hatte nicht übertrieben. Das ganze Ensemble der Villa Fischella war ein Paradies: Da war die abseitige ruhige Lage, von viel Grün umgeben, da gab es einen herrlich gepflegten, blühenden Garten, da präsentierte sich ein in modernster Architektur gestylter Bau, der in seiner Größe und Wirkung an einen Palazzo des Rinascimento erinnerte. Und da war vor allem das Interieur: holzgetäfelte Wände, alte Gobelins, farbenprächtige Orientteppiche, Stilmöbel (vermutlich echt!). Und die Ausstattung! Man hatte den Eindruck, sich in einem Museum zu befinden: Gemälde alter Meister, Plastiken aus Holz und Edelmetallen, silber- und goldgeschmiedete Vasen, Kerzenleuchter und Zimmerschmuck, alles en masse.

Berühmter Arzt müsste man sein!, dachte der Questore. Am besten Chirurg, da fällt das Geld nur so vom Himmel. Dann aber eröffnete sich ihm die größte Überraschung: Im riesigen Salon, in dem schon die Sessel für das Club-Treffen aufgestellt waren, gab es eine Hausorgel. Bu-Bu hatte als Student an der „Musica Sacra" in Rom nebenher auch Kirchenmusik mit dem Hauptfach Orgel studiert. Sein Interesse war sofort hell entbrannt.

„Darf ich mir das Instrument mal anschauen?"

„Natürlich! Wenn Sie wollen, können Sie darauf auch spielen."

„Nein, jetzt wo die Gäste nacheinander eintreffen, lieber nicht! Das sieht dann so aus, als wollte ich vor ihnen ein Konzert geben. Aber nachher in der Pause nehme ich gern Ihr Angebot an. Spielen Sie denn selbst auch?"

„Ja, ein bisschen. Aber ich habe wenig bis gar keine Zeit, auch nur halbwegs in Übung zu bleiben."

Bustamante verstand; ihm ging es haargenau so. Mit Kenner-
blick näherte er sich dem Instrument. Es handelte sich nicht etwa
um eine jener zwar nicht schlechten, aber doch in Organisten-
kreisen verrufenen elektronischen Orgeln, sondern um eine ve-
ritable kleine Schleifladenorgel mit einer Disposition, die Bu-Bu
so vortrefflich fand, dass er selbst sie nicht wesentlich anders
entworfen hätte. Neben dem bei solch kleinen Orgeln obliga-
torischen Subbass 16' gab es auf dem ersten Manual eine, wie
er durch leichtes Anklicken zweier Tasten hörte, herrlich „spu-
ckende", obertonreiche achtfüßige Rohrflöte, eine Trichter-
flöte 4', eine Sifflöte 1' und eine Cimbel, auf dem zweiten Manual
ein Geigenregal 8', dann – eher ungewöhnlich – ein vierfüßiges
Krummhorn und ein Larigot $1^{1/3}$. Eine wunderbare Disposition
für Renaissance- und Barockmusik, vor allem für Orgeltrios!

„Gratuliere!", sagte er zum Gastgeber. „Ich bin gespannt,
den Klang gleich in der Pause zuhören. Aber wie steht's denn
hier mit dem Nachhall?"

Eine Orgel braucht, um wahrhaft zu klingen, einen gewissen
Nachhall, der von der Größe des Raumes (und ebenso von
dessen Interieur) abhängt. Ein Privatraum erreicht meist die
Raumgröße für einen Nachhall nicht, weswegen Pfeifenorgeln
im Haus oft trocken und glanzlos klingen – im Unterschied zu
elektronischen Orgeln, die den Nachhall künstlich erzeugen
können. Bustamante kannte noch von seinem Studium her die
komplizierte Formel für den Nachhall:

$$r_H = 0{,}057 \cdot \sqrt{\frac{V}{RT_{60}}}$$

Das heißt: Der Hallradius (rH) hängt vom Volumen des Raumes (V) und der Hallverzögerung (RT in Sekunden gemessen)
ab. Sobald Bu-Bu die Orgel erblickte, hatte er gleich mal ganz,
ganz grob und mit vielen Abrundungen überschlagen, ob bei

der Größe dieses Raumes und dessen vermutlichem Verhältnis zum Hallradius ein Nachhall überhaupt möglich sei. Ergebnis: Eindeutig nein!

Aber Fisichella antwortete auf seine Frage: „Die beiden der Orgel gegenüberliegenden Wände haben, wie Sie sehen, keine Holztäfelung, sondern sind mit einem Speziallack überzogen, der den ankommenden Schall fast völlig zurückwirft; so kommt es dann doch zwischen den beiden Wänden zu einem Schallaustausch und damit zu einem, wenn auch geringen Nachhall; Sie werden es nachher hören."

Wirklich beeindruckend!, dachte Bu-Bu. Dann widmete er, wie auch der Gastgeber, sich den neu hinzukommenden Gästen. Außer den zahlreichen, ihm schon bekannten lernte er erstmals den Staatssekretär im Außenministerium Dottore Giacomo Tagliante samt Gattin kennen sowie den Historiker Ettore Prona von der Zweiten Römischen Universität, Fachmann für das Spätmittelalter, der, weil schon lange Witwer, allein kam. Es fehlte diesmal offenbar der Soziologe Alberto Martinelli, mit dem er gern einmal über Lévinas gesprochen hätte. Schließlich spielte im Denken dieses großen jüdisch-französischen Philosophen das „Antlitz des andern" eine entscheidende Rolle. Für ihn eröffnet gerade das Angeblicktwerden vom andern den Raum der Transzendenz. Könnte von da her vielleicht auch Licht fallen auf das Zerstören des menschlichen Antlitzes in den vorliegenden Mordfällen?

***

Fisichella hatte angekündigt, über neue Entwicklungen in der Hirnforschung zu sprechen. Zu Beginn seiner Ausführungen klammerte er „sogleich, von vornherein, a priori und radikal", wie er mit großem Nachdruck sagte, einen ganzen, ja sogar den derzeit aktuellsten und wichtigsten Bereich der Hirnforschung aus, nämlich die neuesten Untersuchungen und Diskussionen über die menschliche Freiheit. Er wolle hier nur kurz das Problem nennen: Gibt es Freiheit, freie Entscheidung, selbstverantwortliche Subjektivität – das setzt einen offenen „Innenraum" voraus, in dem sich so etwas wie „geistiges Leben" verwirklicht und der Mensch sich selbst bestimmt –, oder ist Freiheit nur Schein, eine ‚zerebrale Illusion', die auf letztlich hochkomplizierten, im Endeffekt nichtsdestoweniger festgelegten, notwendigen Reaktionsmustern des Gehirns beruht?

„Das Forschungsmodell der gegenwärtigen Hirnforschung ist die Vorstellung vom Gehirn als einem höchst-, höchstkomplexen, längst noch nicht erforschten und in allen Details verstandenen *Computer* oder sogar vieler vernetzter Computer. Aber so wie Sie, meine Damen und Herren, in Ihren eigenen PC Daten eingeben und dieser sie dann verarbeitet und je nach Befehl Ergebnisse produziert, Ergebnisse, die, wenn der Computer in Ordnung ist, sich absolut schlüssig und notwendig aus den eingegebenen Daten ergeben, so, *genau so* ist es mit dem menschlichen Gehirn. Es verarbeitet Daten und kommt dabei zu schlüssigen, notwendigen Ergebnissen. Da, wo wir uns frei wähnen, sind wir in Wirklichkeit, sogar bis in den religiösen Bereich hinein, nur ausführende Organe des uns bestimmenden Super-Computers Gehirn, das jeweils die Impulse von -zigtausenden dynamischen Schaltkreisen von Nervenzellen, welche neue Informationen, Aktionen oder Erinnerungen zusammenstellen, aufnimmt und verarbeitet. Dabei entstehen neuronale Erregungsmuster, die zu Entscheidungen und Handlungen führen, ohne dass da ein ‚jemand' ist, der Entscheidungen fällt und Handlungen beabsichtigt. Das Bewusstsein entsteht dabei in einem speziellen Teil der Gehirnrinde, der sich nicht wie die andern mit der Informationsverarbeitung selbst befasst, sondern gewissermaßen dieser Verarbeitung ‚zuschaut'. Mit diesen Kurzbemerkungen zur Freiheitsproblematik, meine verehrten Damen und Herren, lasse ich es bewenden, möchte jedoch abschließend unterstreichen: Diese Sicht der Dinge, also die Leugnung der Freiheit und die ‚Biologisierung' des Bewusstseins, ist – soweit ich das überblicken kann – das derzeitige Grunddogma aller führenden, anerkannten Hirnforscher, spätestens seit den in den 1980er Jahren publizierten Experimenten von Benjamin Libet. Und so werden Sie, meine Damen und Herr …"

Der Ex-Staatsanwalt Tullio Veglianti rief ungeniert dazwischen: „Entschuldigung! Was sind das, die Libet-Experimente?"

„Nun, kurz gesagt, zeigte Libet in eindeutigen Experimenten und auf absolut schlüssige Weise, dass das Gehirn es ist, das über eine bestimmte Aktivität des Menschen entscheidet, und zwar noch bevor dieser überhaupt irgendein subjektives Bewusstsein davon hat. Also: Die Entscheidung, etwas zu tun oder nicht zu tun bzw. dieses oder jenes zu tun, hat *ohne* Bewusstsein bzw. *vor* dem Bewusstwerden immer schon längst stattgefunden. Daraus folgt, dass nicht eine freie, bewusste Handlungsintention die Ursache der Handlung sein kann, die Ursache steckt vielmehr in unbewussten, notwendigen Reaktionen des Gehirns. Damit gibt es auf Grund exakter Beweise der Hirnforschung keinen Raum mehr für Freiheit. Auch wenn diese Schlussfolgerung nicht von allen geteilt wird, ist sie, wie ich eben schon sagte, das derzeitige Grunddogma – ich würde sagen – fast aller weltweit führenden, anerkannten Hirnforscher. Deshalb können Sie vielleicht auch verstehen, dass ich als Angehöriger einer Katholischen Universität und als gehorsamer ‚Sohn der Kirche' diesem Trend nicht folgen kann und mich deshalb einer etwas anders gelagerten Forschungsrichtung, die freilich mit der eben genannten enge Beziehungen aufweist, angeschlossen habe."

Professor Fisichella erläuterte sodann ausführlich, dass seine eigene Forschungsrichtung zwar auch vom Modell: Gehirn als Groß-Computer ausgehe, sich aber eher der praxisrelevanten Frage nach der Verbindung von Gehirn und Computer verschreibe. Grundsätzlich sei das nichts Neues. Mit einer sog. BCI – Brain-Computer-Interface (Gehirn-Computer-Schnittstelle) experimentiere man weltweit schon seit langem: man zeichne (nichtinvasiv) mittels EEG oder (invasiv) mittels implantierter Elektroden die elektrische Aktivität des Gehirns auf, analysiere sie mit Computern und wandle sie in Steuersignale für diverse Anwendungen um. Aber – und das sei der entscheidende Punkt – diese ‚Schnittstelle‘ gebe es bisher nur für *eine* Richtung: vom Gehirn zum Computer und nicht umgekehrt. Genau hier setze seine Forschung ein: Ist es möglich, mit einem Computer direkt Impulse in das „System Gehirn“ einzuführen, dieses darauf reagieren und damit ‚arbeiten‘ zu lassen? Kann man auf diesem Weg Informationen, Bilder, „Ideen“ ins Gehirn transportieren, dort wie auf einer Festplatte speichern, verarbeiten lassen und jederzeit abrufen?

In den letzten Jahren sei er mit seinen Forschungen, bei denen er vor allem von seinem Oberassistenten Bonnani, aber auch zahlreichen anderen Mitarbeitern hervorragend unterstützt werde, ein großes Stück weitergekommen. Es stünde geradezu ein Durchbruch unmittelbar vor der Tür. Letztes, allerletztes Ziel dieser Forschung sei dabei, alle z.B. im Internet vorhandenen Informationen in das Gehirn des Menschen zu implementieren und dort unmittelbar verfügbar und zur weiteren Bearbeitung nutzbar zu machen. So könne dann gewissermaßen ein globales und kollektives Gehirn entstehen und, gleich einem evolutiven Sprung, die Menschheit zu einer global interagierenden und kommunizierenden Größe aufsteigen. Natürlich, natürlich sei das noch reine Utopie, reinste Utopie sogar, aber die Wissenschaft brauche solche utopischen Ziele.

„Die Utopie von heute ist die Wirklichkeit von morgen, sowie die Wirklichkeit von heute die Utopie von gestern ist!" Mit diesen markanten Worten schloss er seine Ausführungen ab, die von den Zuhörern geradezu atemlos verfolgt und jetzt mit Riesenapplaus bedankt wurden.

Bei Bustamante (und bei einigen wenigen anderen) war der Applaus eher moderat. Ob Menschen wirklich glücklicher sein werden, wenn sie das Internet in ihrem Schädel haben?, fragte sich der Questore. Und was ist, wenn all das zur Manipulation des Menschen missbraucht wird?

Es folgte, wie gewohnt, die Einladung zum Imbiss im großen, wohnlich eingerichteten und jetzt für das Büffet überdies mit zahlreichen Tischen bestückten Atrium. Das Büffet machte einen vorzüglichen, verführerischen Eindruck. Der Großteil der hier ausgestellten „Herrlichkeiten dieser Welt" schien tatsächlich casalingo – hausgemacht zu sein. Auch in diesem Punkt hatte Pacelli nicht übertrieben. Doch so sehr ihn Häppchen und Salate, Hummer und Gänseleberpastete, Kaviar und Trüffel lockten, mehr noch lockte ihn die Orgel.

Der große Salon hatte sich mittlerweile geleert, alle widmeten sich im Atrium den Gaumenfreuden. So setzte sich Bu-Bu an die Orgel. Zunächst probierte er kurz einige Register durch. Herrlich! Dann einen Moment Überlegung, was er spielen sollte. Derjenige Teil des Orgelmusik-Repertoires, den er auswendig beherrschte, war nicht sehr groß. Doch gehörte dazu die Kleine Fuge in g-moll von Johann Sebastian Bach, in die er am Vorabend seiner Arbeit am jetzigen Fall bei einer mehr träumerischen Orgelimprovisation unbewusst „hineingeraten" war. Warum sollte er die jetzt nicht nochmals spielen? So begann er organo pleno mit der aufstrebenden, selbstsicheren Quinte des gebrochenen g-moll-Akkords:

Er hatte kaum angefangen, diese Töne zu spielen und das Thema noch nicht zu Ende gebracht, da stürmte völlig unerwartet mit energischer Wucht Professor Fisichella zu ihm an die Orgel, riss ihm mit hochrotem Gesicht die Hände vom Manual, so dass diese unkontrolliert eine Reihe von Tasten streiften und dadurch einen Augenblick lang eine schreckliche Kakophonie erzeugten, bis dann urplötzlich völlige Stille eintrat. Bustamante war total konsterniert. Überrascht schauten auch einige Gäste durch die offenstehende Tür. Sie hatten zwar nicht den Ansturm des Gastgebers mitbekommen, wohl aber das eigentümliche Tohuwabohu an der Orgel vernommen.

„Questore, oh, entschuldigen Sie bitte, bitte, bitte! Tausendmal! Ich bitte Sie herzlichst um Vergebung!", stammelte Fisichella. „Aber diese Fuge, wissen Sie, diese Fuge ... sie spielt eine besondere Rolle in meinem Leben, so dass ich sie einfach nicht hören kann. Verstehen Sie? Nicht hören *kann*! Darum gerade diese schreckliche, unüberlegte, völlig emotionale Reaktion von mir. Herzliche Bitte um Vergebung! Aber spielen Sie doch bitte, bitte weiter! Nur nicht diese Fuge! Sie können auch gern das reichhaltige Arsenal meiner Noten benutzen und sich daraus etwas Passendes heraussuchen!"

Aber Bustamante hatte die Nase voll und alle Lust verloren. Er ließ sich zwar nichts anmerken, lächelte freundlich und bat auch seinerseits um Vergebung, dass er – natürlich ohne es zu wissen und zu wollen – dem Gastgeber zu nahe getreten sei. Aber jetzt, nachdem er diesen herrlichen Klang der Orgel wenigstens kurz vernommen habe, möchte er sich doch auch noch am gewiss ebenso herrlichen Gusto des Büffets delektieren. Nochmals ein herzliches, verständnisvolles Lächeln, dann stieg er ruhig und gelassen, als sei es die normalste Sache der Welt, von der Orgelbank hinunter und begab sich ins Atrium. Fisichella schien sich wieder zu beruhigen. Und so war nach wenigen Minuten alles so, als sei nichts geschehen.

Natürlich ging Bu-Bu die Sache nicht aus dem Kopf. Was war da bloß mit dieser Fuge? Sollte dieser hochberühmte und in seinem Auftreten sonst so arrogante Wissenschaftler wirklich ein solch empfindliches, fast schon krankhaft reagierendes Gemüt ohne jedes „Korsett" haben? Sehr unwahrscheinlich!

In der sich anschließenden, äußerst lebhaften Diskussion schien der Gastgeber wieder ganz der Alte zu sein.

Das Gespräch wandte sich zunächst jenem Teil des Referats von Fisichella zu, den er eigentlich ausgeklammert wissen wollte: der Frage nach der Freiheit.

Als erster warf Professor Di Fonzo aus moraltheologischer Sicht ein, ob die Hirnforscher, welche die Freiheit leugneten, aus Experimenten und Laborwerten nicht mehr herausläsen, als diese wirklich hergäben. Sei es nicht widersprüchlich, auf der einen Seite die geistige Dimension des Menschen auf materielle Faktoren zu reduzieren und auf der anderen Seite „All"-Aussagen zu treffen wie z.B.: „Alle" Freiheitsentscheidung beruhen auf neuronalen Prozessen, „alles" Bewusstsein ist ein Überbau über materielle Prozesse.

„Wer ‚All'-Aussagen macht, geht über das Empirisch-Materielle hinaus und berührt die Welt des Geistigen!", so sein Fazit. Und überdies: „Wie soll man denn feststellen können, dass, nachdem rein neuronale Prozesse alle Handlungsmöglichkeiten ‚abgetastet' haben, der Mensch nicht doch in einem quasi ausdehnungslosen Augenblick eine nicht in den ‚Schaltkreisen der Nervenzellen' notwendig vorgegebene freie Entscheidung trifft?"

„Dazu," antwortete Fisichella, „müsste man jetzt die verschiedenen Experimente im einzelnen diskutieren. Das können wir in diesem Rahmen nicht tun!"

„Aber was meinen Sie denn ganz persönlich zur Frage: Freiheit ja oder nein?," hakte der Pater nach.

Fisichella wandte sich merkbar. „Also, wie schon gesagt, ich bin Katholik und Professor an einer Katholischen Universität, da werde ich meine eigene Meinung letztlich jener Instanz unterstellen, die hier das letzte Wort beansprucht. Und doch: irgendwie, sehen Sie, irgendwie ist man da als Forscher schon gewaltig hin- und hergerissen."

Fantoccio! Weichei! Totales Weichei!, kam es Bu-Bu in den Sinn. Nicht einmal zum Farbe-Bekennen reicht es bei diesem

Top-Professor. Wahrscheinlich wusste der nicht einmal, dass Professor vom lateinischen „profiteri" kommt und durchaus mit „Bekenner" übersetzt werden kann. Spontan rief er laut und ungewohnt scharf in die Corona hinein:

„Also für mich ist die Sache glasklar: Wenn einer mir gegenüber ernsthaft vertritt, es gebe keine Freiheit, werde ich mich grußlos von ihm verabschieden und kein Wort mehr mit ihm reden. Denn mit einem Computer, und mag er noch so hochkomplex sein, mit einem Computer, als den er sich mit der Leugnung von Freiheit und Selbstbewusstsein ja faktisch ausgibt, hantiert man herum, führt man aber kein Gespräch. Wer die Freiheit leugnet und damit jede persönliche Beziehung, die ja Freiheit voraussetzt, für eine ‚zerebrale Illusion', erklärt, soll doch im eigenen Saft ersticken. Dann erst, und nicht im abgeklärten theoretischen Diskurs, wird er merken, was das heißt, Freiheit zu leugnen!"

„Bravo!", riefen einige von den Anwesenden dazwischen. Aber Bustamante fuhr fort: „Da gibt es doch tatsächlich einen bekannten Wiener Evolutionsforscher, der vor einiger Zeit in einem Zeitungsgespräch gesagt und dann geschrieben hat: ‚Die Frage ist, ob der Wille frei ist. Da sage ich: Nein. Auch mein Kater hat ja einen Willen. Der will unbedingt auf unserem Küchentisch spazieren, obwohl er es nicht darf. Aber das ist keine Frage einer freien Entscheidung, sondern hängt mit seinen Neuronen und sonstigen biologischen Mechanismen zusammen.' Sehen Sie, dieser Herr hat wenigstens begriffen, um was es wirklich geht: Wenn es keine Freiheit gibt, dann besteht auch kein Unterschied zwischen ihm und seinem Kater! Oder aus meiner Sicht müsste es heißen: zwischen mir und meinem Papagei!"

Beifall der übrigen Gäste, während der Gastgeber ein wenig „bedeppert" ausschaute. Bevor dieser aber auch nur ein einziges Wort hätte antworten können, meldete sich stürmisch Professor Prona, den Bu-Bu erst vorhin kennengelernt hatte, zu Wort:

„Auf welche Weise kommt die Hirnforschung eigentlich zu ihren Ergebnissen? Wie kann man mit Gehirnen experimentieren, ohne sie zu zerstören?"

„Ein langes Kapitel!", entgegnete Fisichella. „Ganz kurz nur soviel: Erstens machen wir Versuche an Gehirnen von Tieren. In meinem Institut unterhalten wir ständig eine ganze Batterie unterschiedlichster Tiere. An ihnen führen wir in sog. invasiven Verfahren auch in-vivo-Experimente durch, das heißt: Wir öffnen das Gehirn – natürlich schmerzfrei –, um direkten Zugang zu den einzelnen Sektoren zu erhalten und mithilfe von Elektroden die Funktion und Interaktion der unterschiedlichen Schaltkreise zu ermitteln. Das Problem besteht freilich in der Grundfrage, inwieweit sich Forschungsergebnisse, die am Gehirn von Tieren ermittelt wurden, auf den Menschen übertragen lassen. An Menschen können wir invasive Verfahren natürlich nur an schwer Hirnverletzten vornehmen. Zweitens: In nichtinvasiven Verfahren setzen wir das EEG ein, das uns erlaubt, dem Gehirn bei seiner Tätigkeit wenigstens sozusagen indirekt zuzuschauen. Ferner können wir mithilfe der Kernspin-Tomographie Bilder von Gehirnfunktionen gewinnen und diese zu gleichzeitig gemessenen Hirnströmen in Beziehung setzen. Sieht man von einem etwas älteren Modell in Jülich (Deutschland) ab, besitze ich in meinem Institut ein europaweit einzigartiges Gerät: einen Kombinations-Tomographen, der die Vorteile eines Magnetresonanz-Tomographen, welcher anatomische Details durchdringt, mit denen eines Positronen-Tomographen, welcher Moleküle detektieren kann, kombiniert. Außerdem gibt es noch einige andere Methoden der Forschung. Aber in der Tat: Von ihrem Gegenstand her sind der Gehirnforschungen sehr enge Grenzen gesetzt, die wir durch immer raffiniertere Mittel zu überwinden suchen."

„Sie machen also keine Versuche am gesunden menschlichen Gehirn?"

„Nein! Das ist strengstens verboten, obwohl ich ganz persönlich fest davon überzeugt bin, dass irgendwo in der Welt, in irgendwelchen geheimen Labors Asiens oder auch Amerikas, solche Verbote missachtet werden."

„Warum haben Sie eigentlich nicht den Brief des Turiner Protokolls unterschrieben?", meldete sich Staatssekretär Giacomo Tagliante zu Wort und machte dabei ein irgendwie „listiges" Gesicht.

„Waaaas?!" Fisichella geriet sichtlich ganz außer sich, wurde wiederum so rot wie vorhin an der Orgel, und schrie, regelrecht in Rage versetzt: „Woher wissen Sie überhaupt davon? Das ist doch eine absolute Geheimsache! Absolute Verschlusssache! Davon kann man doch nicht öffentlich sprechen! Unerhört! Und ich weigere mich auch, ... ich möchte eigentlich nicht ..."

Protest von einigen Zuhörern, deren Neugierde nun erst recht geweckt war: „Erklären Sie uns doch bitte wenigstens, was das Turiner Protokoll ist und um was es da geht!"

Fisichella zögerte, schien noch immer ganz zornig und erregt zu sein, beruhigte sich dann aber doch schnell wieder und kam nach einigen Augenblicken des Nachdenkens offensichtlich zum Ergebnis, angesichts der nun einmal öffentlich gestellten, ihn total überraschenden Frage besser die Karten auf den Tisch zu legen:

„Vor nahezu einem Jahr trafen sich die führenden Hirnforscher des Mittelmeerraums, etwa acht an der Zahl, in Turin. Und weil alle es als eine unzumutbare Einschränkung empfanden, keine Versuche am lebenden menschlichen Gehirn durchführen zu können, kamen sie auf die Idee, in einem diskreten, nicht für die Öffentlichkeit gedachten Schreiben an das Forschungsministerium der Volksrepublik China folgende Anfrage zu richten: Da China das Land mit den meisten Todesstrafen (etliche hundert pro Jahr) sei, könnte man doch vielleicht überlegen, ob man einige der Todeskandidaten nicht vorher für Experimente der Hirnforschung, natürlich völlig schmerzloser Art, benutzen könne. Sie, die europäischen Forscher, seien im Gegenzug dazu bereit, die aufstrebende chinesische Hirnforschung an ihren bereits gefundenen Ergebnissen und an der in Zukunft stattfindenden gemeinsamen Forschung teilhaben zu lassen. Man könnte ja auch daran denken, die in China verhängte Todesstrafe mittels einer schmerzlosen Giftspritze – heimlich natürlich, aber mit chinesischen Zeugen! – gleich in den europäischen Forschungslaboren zu vollziehen. Natürlich müsse das Ganze streng geheim bleiben. Das war ungefähr der Inhalt des Briefes, der in Turin entworfen und abgesandt wurde. Auf diesen Brief haben wir nie eine Antwort erhalten. Aber – wie die Frage des Staatssekretärs mir mit Schrecken zeigt – ist das Ganze dann doch wohl nicht strikt geheim geblieben."

„Und zwar deshalb nicht", ergänzte Tagliante, „weil die chinesische Regierung sich bei der Europäischen Kommission in Brüssel ganz massiv über die Zumutung der Anfrage beschwert hat. Auch wenn in China die Todesstrafe an straffällig gewordenen Bürgern vollzogen werde, seien diese deshalb noch lange kein ‚Freiwild' für europäische Forschungsinteressen. Die Europäische Kommission sowie auch die unter strenger Geheimhaltung informierten nationalen Regierungen haben dann ihrerseits beschlossen, diesen Brief des sog. Turiner Protokolls strikt geheim zu halten, ebenso auch die chinesische Reaktion. Denn man darf nicht übersehen: Die Hirnforscher haben mit diesem ihrem Brief praktisch ein hochsensibles Tabu gebrochen. Sie haben dadurch die in Europa einhellig abgelehnte Todesstrafe irgendwie wieder legitimiert, sozusagen salonfähig gemacht. Um nun aber die zukunftsträchtige Hirnforschung nicht vor der europäischen Öffentlichkeit bloßzustellen und in Misskredit zu bringen, wollte man allerseits auf unbedingte Geheimhaltung bedacht sein. Aber mittlerweile ist durch mancherlei Kanäle von dieser Affäre schon einiges durchgesickert, so dass ich mir in diesem kleinen geschützten Privatrahmen die

Frage danach erlaubt habe. Und ich wiederhole sie auch jetzt: Warum, Professor Fisichella, haben Sie als Einziger den Turiner Brief nicht mitunterschrieben?"

„Also zunächst einmal bin ich felsenfest davon überzeugt, ja, ich glaube, es sogar beweisen zu können, dass chinesische Hirnforscher selbst schon längere Zeit an menschlichen Gehirnen in-vivo experimentieren. Sie sollen sich also da nicht so heuchlerisch in Brüssel beschweren. Dass ich aber nicht unterschrieben habe, liegt doch wohl auf der Hand! Als Professor an der Katholischen Universi ..."

„Ja, ich weiß schon: Katholischen Universität und als guter Katholik usw.", ergänzte Tagliante zynisch. Doch bevor Fisichella noch irgendetwas antworten konnte, meldete sich die „reizende" Gattin von Professor Pacelli zu Wort:

„Ich verstehe nicht, wieso man mit legal verurteilten Todeskandidaten nicht experimentieren darf, wenn das auf völlig schmerzlose Weise geschieht. Das ist doch eine glänzende Idee! Nicht nur für die Forschung. Auch für die betroffenen Menschen selbst. Sie, die durch Untaten ihr Leben verwirkt haben, können doch durch den Nutzen, den sie damit der menschlichen Gesellschaft schenken, ein Stück Sühne leisten."

„Ja, das meinte auch einer von den Kollegen, die das Turiner Protokoll verfasst haben. Aber die politische Wirklichkeit ist nun mal nicht so!", hakte Fisichella ein, während Professor Pacelli die Hand seiner Gattin behutsam streichelte und dabei laut sagte: „Also, bei aller Liebe kann ich da weder den Turiner Forschern noch meiner verehrten Gattin folgen."

Während der letzten zehn Minuten hatte der Questore mit geschlossenen Augen stumm, aber hochkonzentriert in seinem Sessel gesessen. Ihm wurde abwechselnd kalt und heiß; die Atemgeschwindigkeit nahm zu, der Herzrhythmus geriet außer Takt. Denn jetzt fiel es ihm wie Schuppen von den Augen: Der Fall mit den sechs Morden lag ihm nun *prinzipiell* gelöst vor Augen, zwar noch nicht glasklar und in allen Einzelheiten, aber er war sicher, ihn in seinen letzten Hintergründen verstanden zu haben. Das, was er bei seinem intensiven Nachdenken zwar selbst schon oft angedacht, aber dann sogleich immer wieder verworfen hatte, dürfte ins Schwarze getroffen haben: Die Deformation der Köpfe der Ermordeten diente gar nicht *in erster Linie* dazu, die Feststellung ihrer Identität zu erschweren, sondern diente der Verschleierung von Gehirnexperimenten an lebenden Menschen, wozu sich im Grunde mancher Hirnforscher und selbst Fisichella (trotz der Scheinvorbehalte „Katholische Universität", „guter Katholik" usw.) bekannte. Seine Forschungsutopie, die Menschheit auf eine neue „evolutive Stufe" zu stellen, dazu sein arroganter Ehrgeiz dürften alle ethischen Bedenken weggeräumt haben. Zu all dem passte auch die mit Pharmaka erfolgte Tötung der sechs Opfer und deren medizinische schmerzfreie „Vorbereitung".

Freilich viele Probleme waren noch offen: Wie kam es zur Auswahl der Opfer, welche Rolle spielte dabei Schwester Claudia, wo und wie wurden die Experimente und die Ermordung durchgeführt, aber auch: Hatte – wie ihm jedenfalls sein Bauchgefühl sagte – mit all dem auch die merkwürdige Szene mit der Kleinen Fuge in g-moll etwas zu tun? Viele Fragen noch, aber endlich sah er Licht im Tunnel.

Nach einer sehr kurzen, fast jähen Verabschiedung von Gastgeber und Corona, die sich offenbar noch länger in diesem gastlichen Haus aufhalten wollten, machte sich der Questore nachdenklich und mit vielen Umwegen, aber frohgemut auf den Heimweg.

Fünftes Kapitel
Eine kleine Fuge kommt groß heraus

Freitag, 29. Oktober bis Sonntag, 31. Oktober

Diesen Vormittag verbrachte Bustamante zu Hause und befasste sich mit dem Studium neuerer, allgemein verständlicher Bücher zum Thema „Hirnforschung", Bücher, die er zunächst mehr oder minder zufällig in seinem eigenen sehr umfangreichen Buchbestand fand. Anschließend ließ er sich zum „Palazzo della Giustizia" fahren, ging aber nicht in sein Ufficio, sondern in die riesige, gutbestückte Spezialbibliothek für Kriminalistik, die vom Justizministerium betreut wurde. Dort informierte er sich über weitere Werke der Hirnforschung, sodann über digitale Code-Schlösser und akustische Zugangscodes sowie über die verschiedenartigsten Zugangsweisen zu geheimgehaltenen und abgeschirmten Örtlichkeiten, wie sie in Berichten über militärische Geheimanlagen gelegentlich thematisiert werden.

Nach der Siesta, in der er zu keinem Schläfchen kam, sondern nur intensiv nachdachte und ergebnislos über eine Reihe offener Fragen dahinbrütete, ließ er seine Mitarbeiter – mit Ausnahme von Marco, der noch immer in Mailand war – im Ufficio zusammenkommen und informierte sie über seinen Verdacht gegen den Hirnforscher Fisichella, über seine möglichen Experimente an lebenden Menschen und die „finale Beseitigung" der Opfer.

Zunächst fielen alle sozusagen „vom Stengel", hatten aber sogleich auch ein kräftiges Aha-Erlebnis: Plötzlich erschienen die Mordfälle in einem ganz neuen und durchaus plausiblen Licht. Frage aber: Wenn die Deformation der Köpfe nur der Vertuschung der Gehirnexperimente diente, warum gab es dann auch noch den Versuch, die Identität der Opfer durch Elimination der Fingerhaut zu verheimlichen? Vielleicht steckte doch noch mehr hinter den Mordfällen. Vielleicht wollte man auch verhindern herauszubekommen, dass die „Versuchskaninchen" alle Verbrecher waren und dass dahinter auch noch einmal eine bestimmte Intention stand. Vielleicht hatte Marco mit seinen Überlegungen zur Todesstrafe doch nicht so ganz Unrecht gehabt. Ein riesiges Palaver begann, das der Questore nach einiger Zeit mit einer nachdrücklichen Aufforderung zu striktester Geheimhaltung beendete.

„Wir haben es hier nicht mit ‚irgendwem', sondern mit einem der führenden Forscher Italiens, ja der Welt zu tun und mit einem potentiellen Nobelpreisträger. Wir können uns hier keine Panne leisten. Wenn meine Überlegungen zutreffen, muss es ein geheimes Forschungslabor geben, in dem die verbotenen Experimente stattfinden. Das kann m.E. nur im Komplex des riesigen Forschungsinstituts liegen, das die Gemelli-Klinik vor wenigen Jahren an ihre bisherigen Gebäude angebaut hat, um damit Fisichella von Mailand nach Rom zu locken. Oder – eine andere Möglichkeit – es liegt im Komplex der von Fisichella erbauten Villa, die ja unweit der Klinik liegt. Ich persönlich halte eher das zweite für wahrscheinlich. Jedenfalls brauchen wir bis morgen früh die Baupläne beider Gebäude. Luccio, bitte, geh du heute noch zum Ufficio di catasto (Katasteramt) und am besten auch gleich zum Ufficio edile (Bauamt) und versuch, was herauszukriegen!"

Fil berichtete sodann kurz von den Ergebnissen seiner Recherchen im Ganoven-Milieu von Rom. Dort erzählte man sich, dass die letzten Mordopfer offenbar einer „größeren Sache" auf der Spur gewesen seien. Aber welche das war, wusste man in der Szene nicht. Er wollte sich noch weiter umhören.

Steve wurde gebeten, mit dem Leiter der vatikanischen Personalstelle Kontakt aufzunehmen und ihn privat und sehr diskret über Charakter und Umgangsformen, Lebensstil und -einstellungen von Schwester Claudia zu befragen.

„Alles weitere dann morgen früh um 9 Uhr bei der Dienstbesprechung! Ja, liebe Leut', trotz des Samstags bleibt uns diesmal nichts erspart. Zu viele höchst dringende Angelegenheiten müssen wir jetzt in kürzester Zeit hinter uns bringen."

Anschließend machte Bu-Bu telefonisch noch einen Termin für den heutigen Abend bei Mgr. Morreni aus. „Motto: Ein wenig Schach, aber viel dienstliches Gespräch!"

***

Der Kern dieses Dienstgesprächs mit Morreni bestand dann im Grunde nur aus wenigen Worten: „Salvatore, je länger ich darüber nachdenke, umso mehr bin ich davon überzeugt, dass Fisichella und seine Hirnforschung der Schlüssel für die Lösung unseres Falles sind. Aber wie sollen wir ihm das nachweisen? Ich bekomme aufgrund der vorliegenden Verdachtsmomente nie und nimmer einen Durchsuchungsbefehl von der Staatsanwaltschaft. Und ich verstehe das auch: Wenn sich schließlich alles doch noch als Luftblase erweist, stünde Italien in der Weltöffentlichkeit ja als total blamiert da, weil sie einen Forscher von Weltruf grundlos verdächtigt hat. Also was tun?"

Mehr als ein „Mbo! (Tja, also!)" kriegte auch Morreni auf diese Frage nicht zusammen. Und nach einer Weile: „Bisher hast du doch viele Fälle ‚mit Psychologie' gelöst. Geh doch einfach zum Professore und konfrontier ihn mit deinem Verdacht. Vielleicht reagiert er dann so, dass dir was Passendes dazu einfällt."

Jetzt war es Bu-Bu, der „Mbo!", sagte. Nach einer Zeitlang gemeinsamen Schweigens ging man einvernehmlich zum Schachspiel über, das dann seinerseits zu später Stunde in ein feuchtfröhliches Weingelage „ausartete" nach dem ungeplanten Motto: Wenig Schach, wenig Gespräch, viel Wein!

Dennoch war der Questore am folgenden Samstagmorgen topfit. Als er im Ufficio eintraf, kam ihm schon von weitem

Marco winkend entgegen: „Ich habe es gestern Nachmittag nicht mehr geschafft, nach Rom zurückzufahren. Ich musste in Mailand so vielem nachgehen. Aber dafür gibt es jetzt auch einige wichtige Informationen. Erstens: …"

„Na, warte bis wir alle zusammen sind!"

Bevor das der Fall war, teilte Bu-Bu ihm kurz den Stand der Dinge mit, vor allem seinen Verdacht hinsichtlich Fisichellas. Marco war begeistert. „Du wirst sehen: Was ich an Informationen mitbringe, passt grossartig dazu!" Nachdem alle versammelt waren, legte Marco los: „Ich hatte das Glück, in Mailand rein zufällig auf eine ehemalige Schulfreundin zu treffen, die jetzt Hausoberin einer Schwesternkongregation ist. Und ausgerechnet in der hat Schwester Claudia auch mal ihr Glück versucht. Durch diese meine Bekannte bekam ich dann die meisten und interessantesten Informationen. Ich fange nicht mit der wichtigsten an, sondern mit einem kuriosen Detail. Ursprünglich wollte Claudia – wohl aus einem dunklen Drang, Sühne für ihren Vater und für all das Schlimme, was ihr und ihrem Bruder geschehen ist, zu leisten – in einen strengen, klausurierten Orden eintreten. Ich nenne mal lieber den Namen des Ordens nicht. Als die Äbtissin aber erfuhr, dass Claudia aufgrund der Vergewaltigung durch ihren Vater nicht mehr im biologischen Sinn Jungfrau war, wurde ihr die Aufnahme verweigert. Grund: Auch wenn sie persönlich keine Schuld träfe, fehle ihr doch Entscheidendes: die körperliche Unversehrtheit. Mir kommt das schon sehr komisch vor, euch doch hoffentlich auch! War Christus am Kreuz eigentlich körperlich unversehrt? Aber immerhin hat die Äbtissin sie darauf aufmerksam gemacht, dass andere, neuere Ordensgemeinschaften nicht so streng seien. So kam sie zur Kongregation meiner früheren Klassenkameradin. Aber auch da blieb sie nicht lange, sie wurde bald wieder entlassen, weil von ihrer Person nur Düsteres und Repressives auf die ganze Gemeinschaft ausstrahlte. Ihr Reden und Handeln …"

Hier unterbrach ihn Steve: „Entschuldigung! Nur ganz kurz: Als ich gestern bei Cavaliere di Nobile Recherchen über Schwester Claudia anstellte, wurde mir das auch, fast mit den gleichen Worten, gesagt."

„Ja", sagte Marco, „sie kreiste unerträglich um die Idee der Sühne und vertrat auch sehr massiv – was für unseren Fall ja nicht unwichtig ist – die Bedeutung und notwendige Wiedereinführung der Todesstrafe. Nach ihrer Entlassung ließ sie sich als Krankenschwester ausbilden, trat in ein Säkularinstitut ein, dem sie noch heute angehört und, und … jetzt kommt's, haltet den Atem an: Sie erhielt danach eine Anstellung an der Klinik auf der Station von Fisichella und rückte bald zur rechten Hand von ihm auf. Erst vor drei Jahren wurde sie seitens ihrer Gemeinschaft nach Rom versetzt und erhielt hier auf Anweisung ihrer Oberin und durch ihre Vermittlung die Sekretärinnenstelle bei Cavaliere di Nobile."

„Damit – so der Questore – verstehen wir auch oder beginnen wir wenigstens die Auswahl der Mordopfer zu verstehen: Es sind mit Ausnahme der zwei letzten Leichen alles Kriminelle mit Schwerpunkt Kindesmissbrauch, wobei es der Schwester offenbar gleichgültig war, ob dieser Missbrauch, wie bei den beiden Prälaten, leichteren Gewichts war oder, wie im Fall des Mailänder Täters, brutalst und bis zum Tode führend. Im zweiten Mailänder Fall war der Erpresser schuld am Suizid zweier Menschen. Und auch das passt: Kindesmissbrauch und Suizid – das sind genau die Verbrechen, die sich als Traumata tief in die Seele dieser Claudia eingebohrt und wohl auch krank gemacht haben. Ihre Sühnefantasien verbanden sich dann offenbar mit der ganz pragmatischen Suche von Fisichella nach menschlichen Versuchskaninchen. Ich kann mir gut vorstellen, dass er die Schwester in ihren religiösen Neurosen bestätigt und psychisch total ausgenutzt hat. Vermutlich mussten die von ihr präsentierten, vielleicht auch sogar geschickt ‚eingefangenen' Verbrecher in ihren Augen zunächst als Objekte medizinischer Experimente und dann durch ihren Tod Sühne leisten. Toll – diese neue Perspektive! Nur die beiden letzten Leichen passen nicht, noch nicht in dieses Bild hinein. Aber vielleicht sind die ja auch nur zufällig Teil des Dramas; vielleicht hatten die einfach einen Einbruch in der Villa Fisichellas versucht und sind dabei erwischt worden." Dann nach einigen Augenblicken der Stille: „Aber wenn unsere Theorie wirklich zutrifft, wie können wir sie beweisen?"

Luccio meldete sich. „Ein schönes, großes Mosaiksteinchen für einen Beweis habe ich mitgebracht. Ich war gestern noch am Kataster- und auch am Bauamt und habe mir die Pläne des Forschungsinstituts und der Villa von Fisichella kopieren lassen. Steve würde jetzt wohl ‚Bingo!' rufen. Denn schaut einmal her: Ursprünglich war unter dem Kellergeschoss der Villa eine Tiefgarage für 18 Autos vorgesehen. Dafür sollte die Garage eine Grundfläche haben, welche über die des Hauses sogar ein wenig hinausging."

Heftige Reaktionen, ungläubiges Staunen, freudige Akklamation aller Anwesenden über diese unglaubliche Information!

„Die Notwendigkeit einer solch großen Tiefgarage wurde begründet mit Parkplatzmangel an der Klinik und der Notwendigkeit, für Mitarbeiter des Instituts und Teilnehmer an regelmäßig stattfindenden wissenschaftlichen Symposien Parkraum zu schaffen. Dafür gab es sogar finanzielle Zuschüsse seitens der Stadt Rom. Nun wurde diese Tiefgarage zwar ausgehoben, aber dann, wie es in den Akten des Bauamtes heißt, wieder zugeschüttet, weil in der Zwischenzeit die Klinik selbst genügend neuen Parkraum geschaffen hatte. Die Zuschüsse wurden dann auch prompt an die Stadt zurückgezahlt."

„Mensch, wirklich ‚Bingo'!", rief Steve. „Wer waren denn Baufirma und Architekt?"

„Spätabends habe ich noch Einblicke ins Register des Ispettorato dell'industria (Gewerberegister) nehmen können: Die Baufirma, die ohnehin wegen dauernden Einsatzes von schwarz arbeitenden Ausländern schon mehrfach bestraft worden war, machte bereits vor Jahren, kurz nach Fertigstellung der Villa, Pleite und existiert nicht mehr. Die Architekten, die zugleich jeweils Bauleiter waren, haben mehrfach gewechselt; der letzte dürfte nach meinen noch sehr vorläufigen Recherchen beim italienischen Architektenverband aus Rumänien stammen und sich in Rom nur sehr kurzfristig aufgehalten haben."

„Allerhöchstes Lob, lieber Luccio!", fuhr es aus Bu-Bu heraus. „Damit haben wir, wenn das alles zutrifft, unsern Fall, von Kleinigkeiten abgesehen, theoretisch gelöst, aber immer noch *nur* theoretisch. Deshalb nochmals: Wenn unsere Theorie zutrifft, und ich werde da immer sicherer, wie können wir sie beweisen und die Hauptverdächtigen, Fisichella und Schwester Claudia, zweifelsfrei überführen? Eines ist gewiss: Trotz intensiver Verdachtslage werden wir aufgrund der bisher vorliegenden Argumente nie, nie, nie einen Hausdurchsuchungsbefehl erwirken können."

Rosalinda meldete sich: „Ich habe sozusagen auf eigene Faust Untersuchungen angestellt." Ein ehrfürchtiges „Wow!" von einigen Anwesenden. „Ich bin gestern Abend nach Dienstschluss noch zur Gemelli-Klinik gefahren. Die Nichte einer Freundin von mir ist dort Krankenschwester. Und ich habe sie diskret nach Fisichella befragt. Der gilt dort, obwohl oder gerade weil er unverheiratet ist, als großer Weiberheld, der es mit allen treibt. Vielleicht könnten wir eine Frau auf ihn ansetzen, zum Beispiel deine Carla, Fil. Die hat so viel Erfahrung, die kriegte sicher was heraus."

„Du glaubst doch nicht im Ernst, dass ich dafür meine Frau hergebe. Also …", Fil lehnte sich empört zurück.

„Beruhige dich, Fil, natürlich meine ich nicht, dass Carla ‚das Letzte' tun soll. Nur ein bisschen mit dem Professore herumtun. Die würde dabei schon was herauskriegen."

„Ich glaube nicht", reagierte Bu-Bu, „dass Fisichella, wenn er es wirklich mit allen treibt, seine heiklen, dunklen Machenschaften ausgerechnet beim Flirten mit Carla von sich gibt. Da wäre vermutlich die Suche nach sonstigen Mitwissern bzw. Mitarbeitern des Professors aussichtsreicher. Aber wie an sie herankommen? Morreni meint, wir sollten es mal drauf ankommen lassen, Fisichella mit unserem Verdacht konfrontieren und dann ‚mit Psychologie‘ den Fall lösen. Wie, wusste der gute Salvatore natürlich auch nicht. Aber vielleicht bleibt uns wirklich nichts anderes übrig.“

Er hielt eine ganze Weile ein; vielleicht wartete er auf eine Reaktion seiner Mitarbeiter, die aber nicht erfolgte. Dann: „Rosalinda, bitte ruf Professor Fisichella an und versuch mal, einen Termin mit ihm auszumachen. Wenn es geht, wäre mir trotz des Samstags schon der heutige Nachmittag am liebsten. Dann hätten wir diesen Versuch hinter uns!“

Rosalinda kam bereits nach wenigen Augenblicken zurück. Dem Herrn Professor würde heute um 16 Uhr genehm sein. Und der Samstag passe ihm auch deswegen gut, weil es da weder Vorlesungen noch Operationen gebe.

Nun denn!

Zur Siesta raste Bu-Bu förmlich nach Hause. Er brauchte jetzt äußerste Ruhe und Konzentration. Bevor er als karges Mittagsessen nur ein wenig Brot, Käse, Oliven und Wein zu sich nahm und dabei Meister Jakob kräftig kraulte, telefonierte er noch eine ganze Weile mit seinem alten Freund Elmaro Scieggù, Professor am Politecnico (Technische Hochschule) in Rom, seinem Gewährsmann für alle technisch-physikalischen Fragen. Nach dem Essen hörte er sich, bereits auf dem Sofa liegend, die Kleine Fuge in g-moll von Johann Sebastian Bach auf einem mobilen DVD-Player mit einem winzigen, blechern klingenden Lautsprecher noch einmal an. Noch bevor das Stück zu Ende war, überkam Bu-Bu eine Idee, die er aber sogleich wieder vergaß, da er, ohne es zu bemerken, tief in Morpheus’ Arme sank.

***

Pünktlich um 16 Uhr standen der Questore, Luccio und Marco vor der Villa Fisichellas, die im hellen Tageslicht nochmals einen anderen Reiz besaß und anderen Charme ausstrahlte als vorgestern Abend. Erst jetzt konnte man die fantasievollen Muster der Marmorintarsien, die das ganze Haus dekorierten, erkennen und die dazu passende Baum- und Strauchbepflanzung bewundern. Eine Hausdame öffnete, ließ sie eintreten und wies ihnen einen Platz in einer Ecke des Bustamante schon allseits bekannten großen Salons zu. Sein Blick blieb wieder an der Orgel hängen. Diesmal aber mit der heimlichen Frage, ob man hinter dem Orgelprospekt vielleicht einen Zugang zu geheimen Räumen vermuten könnte. Doch diese Frage konnte sogleich nur negativ beantwortet werden; dafür war die Orgel und ihr Drumherum einfach zu kleindimensioniert.

Mit einem erstaunten „Oh, gleich zu dritt!" betrat Professor Fisichella den Raum. Der Questore stellte ihm die beiden Begleiter als seine Mitarbeiter vor und begann in allerfreundlichstem und harmlosestem Tonfall seine Ausführungen:

„Wissen Sie, hochverehrter Professor, der vorgestrige, wirklich rundherum gelungene, hochinteressante, anregende Abend, für den ich Ihnen sehr, sehr dankbar bin, hat meine Fantasie angeregt. Lassen Sie mich ganz offen und vertrauensvoll ohne Hintergedanken und Heimtücken zu Ihnen sprechen."

O je, dachten die beiden andern: Bu-Bu macht mal wieder seinen Psycho-Trip, so nach dem Motto des deutschen Literaten Kurt Tucholsky: „Der Vorteil der Klugheit besteht darin, dass man sich dumm stellen kann. Das Gegenteil ist schon schwieriger." Nur wusste Bu-Bu bei solchem Vorgehen oft selbst nicht recht, ob das, was er sagte, ehrlich gemeint oder reine Staffage, Theater, Schmierenkomödie war. Ob das jetzt gutgehen würde?

„Professore, Sie haben sich an diesem Abend trotz einiger wirklich bedenkenswerter Vorbehalte, was Ihre Professur an einer Katholischen Universität und ihrer Glaubenshaltung angeht, nicht unbedingt *dagegen* erklärt, Hirnforschung auch in vivo am Menschen zu betreiben, was natürlich heißt, dass im Endergebnis, also, dass man eh … hinnehmen muss, dass damit Leben zerstört wird, natürlich völlig schmerzlos und natürlich Leben, das sowieso verwirkt ist. Nun gut! Bei uns ist jetzt, von allen möglichen Hinweisen genährt, der Verdacht aufgetaucht – ich sage Ihnen das auf der einen Seite ganz offen, auf der andern mit großen Zagen –, dass auch Sie solche Experimente anstellen, ja, dass Sie vielleicht sogar hinter den Mordopfern, die man aus dem Tiber gefischt hat, stehen. Nun, eh, eh … es gibt dafür einige Beweise, die aber wohl noch nicht wirklich belastungsfähig sind. Und deshalb sehe ich derzeit auch keine Chance, einen offiziellen Durchsuchungsbefehl für Ihre Villa zu erhalten. Sie sehen, ich bin ganz offen zu Ihnen. Ich lege meine Karten auf den Tisch. Eben deshalb suche ich, suchen wir jetzt auch nur das Gespräch. Ich möchte Sie nämlich ganz einfach und schlicht bitten, uns auch ohne gerichtliche Verfügung Einblick in Ihre bezaubernde Villa zu gewähren.“

Fisichella hatte gespannt, aber regungslos-freundlich zugehört. „Danke für Ihre Freundlichkeit, Ihre Offenheit, Ihr Vertrauen! Ich möchte dem in aller Schlichtheit so begegnen, dass ich Ihnen ein ebenso freundliches ‚Nein!‘ entgegenbringe. Denn warum soll ich mir das antun? Mein Gewissen ist rein. Ich weiß nicht, woher Ihr Verdacht kommt und worin er begründet ist. Aber soll ich mir deswegen mein Haus auf den Kopf stellen lassen, wenn es nicht absolut notwendig ist?“

„Ich glaube, Sie haben das ein wenig missverstanden. Wir wollen beileibe nicht Ihr Haus auf den Kopf stellen, sondern nur einmal die ganze Villa in Augenschein nehmen. Im Übrigen haben Sie, wie ich von Pacelli hörte, nach meinem leider vorzeitigen Weggang vom Club-Abend den anderen Gästen ja auch weite Teile des Hauses mit seinem wertvollen Inventar präsentiert. Also es geht nur darum, die Villa einfach mal anzuschauen und mit dem Bauplan, den wir hier haben, zu vergleichen, vielleicht auch mal hier und dort etwas nachzufragen und dann, wenn Sie es erlauben würden, noch einmal wiederzukommen, um mit Tera-Hertz-Strahlen in den, wie wir vernommen haben, nunmehr zugeschütteten, vormals als Tiefgarage gedachten Kellerteil hineinzuschauen oder versuchen hineinzuschauen."

Fisichella zögerte, setzte dann aber offensichtlich zu einem „Nein!" an. Bevor er dies jedoch aussprach, sagte Bustamante so freundlich und naiv, wie er es nur fertigbringen konnte: „Sehen Sie! Es gibt wie immer zwei Möglichkeiten im Leben: Entweder ist unser Verdacht falsch, dann haben Sie von unserer ‚Suche light' nichts zu befürchten und Sie können zustimmen. Wenn Sie sich nicht dazu aufraffen können, wird sich leider unser Verdacht verstärken, und wir werden weiter recherchieren müssen. Und vielleicht finden wir dann leider doch etwas, was Ihnen und letztlich auch uns unangenehm ist. Wissen Sie ..." Ab jetzt klangen die Worte des Questore nicht mehr so, als hätte ein Wolf Kreide gefressen, sie wurden messerscharf: „Wissen Sie, ich halte da lange, lange, eigentlich grenzenlos lange durch, wie ein Präriehund, der niemals, *niemals* eine Spur aufgibt!" Bustamante wusste zwar nicht, ob das mit dem Präriehund überhaupt zutrifft, aber es klang jedenfalls ganz gut.

Nochmaliges Zögern des Professors. Dann kam ein verhaltenes: „Okay! Wobei ich mir vorbehalte, etwaige Nachfragen nicht zu beantworten oder auch Aktionen, die Sie vorhaben, abzustoppen!"

„Sehr freundlich! Gut für Sie und für uns!"

Der Professor zeigte ihnen die Räume des Erdgeschosses. Unglaublich, mit welchem Aufwand sie alle eingerichtet waren. Im Arbeitszimmer Fisichellas oder, wie er selbst es nannte, im ‚Studio', hing doch tatsächlich ein kleiner echter Vermeer (oder eine hervorragende Kopie?), das Portrait eines jungen Mädchens. Die drei Beamten schauten sich alles sehr knapp, aber sorgfältig an und warfen dabei gelegentlich vergleichende Blicke auf die Baupläne. Größere versteckte Räume schien es hier nicht zu geben.

„Ach, die erste Etage brauchen wir erst gar nicht zu sehen", sagte Bu-Bu. „Interessant wäre für uns noch die Kelleranlage, wie sie jetzt ist, dann deren Zuordnung zur nunmehr zugeschütteten Tiefgarage und die Stelle, wo einmal die Zufahrt sein sollte."

„Kommen Sie!"

Fisichella führte sie zur Kellertür und ließ sie einen Blick in die Kellerräume werfen: Hobby-, Gymnastik-, Tischtennisraum (mit wem spielte der bloß?) sowie einige Vorratskammern. Alle hatten, weil das Erdgeschoss höher gelegen war, Tageslicht und waren sehr wohnlich, gar nicht wie Kellerräume eingerichtet.

„Die geplante Garage und die jetzt zugeschüttete Aushebung liegen unter diesen Kellerräumen, die geplante, dahin hinabführende Zufahrt muss man sich hier, hinter dieser Mauer denken. Sie sieht zwar aus wie eine Außenmauer, ist es in Wirklichkeit aber nicht. Dahinter liegt ein Streifen, ungefähr zweieinhalb Meter breit, von zugeschütteter Erde, erst dann kommen die Fundamente der Außenmauer."

„Und wo beginnt die Zufahrt zur Garage bzw. wo sollte sie beginnen?"

Man ging wieder die Kellertreppe hinauf. Rechts neben der Kellertreppe eine weitere Tür, die, wie Fisichella zeigte, in die obere Garage führte. Dort stand jetzt ein Range Rover, offenbar der Privatwagen des Professors.

„Ursprünglich sollte das, was jetzt meine Garage ist, die um fünf Meter vor die Außenmauern der Villa vorgezogene überdachte Zufahrt zur Tiefgarage sein. Und sehen Sie: Dort, wo die Autos dann durch die Außenmauer der Villa hindurch herunterfahren sollten, steht jetzt ein großer Tresorschrank, der das Ganze vom Boden bis zur Decke abschließt."

„Darf man mal ganz kurz hineinsehen?", fragte der Questore, beeindruckt von dessen riesiger Größe.

„Warum nicht?"

Die Tresortür hatte offenbar ein Digital-Code-Schloss oder auch Funk-Schloss, das der Professor mit einer Art kleinen

Fernbedienung, die er aus der Tasche zog, betätigte. Sogleich ließ sich der Tresor öffnen. Eine gähnende Leere, die ein großes Stück, etwa eineinhalb Meter weit, in die Tiefe reichte, tat sich vor ihnen auf. Nur oben zwei schwache Funzeln, die offenbar wie bei einem Auto mit dem Öffnen der Tür angegangen waren. Die metallisch glänzenden Innenwände des Tresors waren peinlich sauber und unterstrichen so noch einmal mehr die Leere. Alles in allem ein merkwürdiges Bild! Bustamante und, wie er vermutete, auch seine Begleiter witterten sogleich: Wenn es überhaupt einen Zugang zu unterirdischen Räumen geben sollte, musste der mit diesem ausgefallen großen Tresor zusammenhängen.

„Wieso ist dieser Tresor so riesig und dann doch so leer?"

„Das hat zwei Gründe: Einmal sollte er die Zuschüttung der geplanten Tiefgaragenzufahrt abschließen, und zum andern brauche ich diese Größe auch, um hierin bei längerer Abwesenheit einen Teil meiner, wie Sie ja wohl gesehen haben, nicht ganz geringwertigen Kunstwerke hineinzustellen."

„O du grüne Neune!", stöhnte Bu-Bu. Diese im Augenblick eigentlich gar nicht so recht passende Interjektion hatte eine ganz entscheidende Bedeutung: Sie war von jeher im Team Bustamante der Code für: Lenkt den Betreffenden (Zeugen, Verdächtigen, Verbrecher oder dergleichen), so gut es geht, ab! Marco, der am entferntesten vom Tresor stand, reagierte sofort.

„Bitte, Herr Professor, schauen Sie einmal: Ich habe hier die ursprünglichen, noch mit der beabsichtigten Tiefgarage versehenen Baupläne Ihrer Villa, so wie sie im Katasteramt vorliegen. Wo, würden Sie meinen, liegt genau der Tresor?"

Fisichella musste sich zur Beantwortung zwangsläufig vom Tresor und vom Questore abwenden und zwei Schritte auf Marco zugehen. Blitzschnell ging Bu-Bu auf die Knie, um sich die Bodenplatte des Tresors, die sich nur ungefähr fünf Zentimeter vom umgebenden Fußboden erhob, genauer anzuschauen. Aber schon wandte sich Fisichella misstrauisch um: „Sie betrachten sicher die Fußspuren?! Wenn ich meine diversen Bilder in den Tresor stelle, so wie zuletzt vor drei Wochen, gehe ich immer ein, zwei Schritte in ihn hinein, um die Sachen besser stapeln zu können!"

Bustamante richtete sich auf, sagte aber nichts. Marco gab nicht nach, denn noch war das „Ablenkungskommando" durch einen zweiten Code nicht zurückgenommen: „Professore, wo also?"

Durch das Hin- und Hersuchen auf dem Bauplan, immer wieder mit Rückfragen Marcos und Luccios verbunden, konnte Fisichella sich nicht dauernd zurückwenden, zumal es dafür auch keinen entscheidenden Grund zu geben schien. Von wegen!

Bei seinem erneuten Niederknien hatte der Questore mit seinem kleinen Taschenmesser in die untere rechte Vorderecke gelangt, um sich mögliche Schmutzreste zu verschaffen, machte aber dann trotz des funzeligen Lichts noch eine ganz andere ‚Entdeckung'. Das alles ging in Sekunden vor sich, so dass Fisichella bei einem erneuten Umwenden nichts mehr davon erspähte.

„Duncque, mbo …, dunque …" (Also, naja …, also …). Dies war das Code-Wort für Luccio und Marco, dass es keiner Ablenkung Fisichellas mehr bedurfte.

Bustamante wandte sich seinen beiden Begleitern zu: „Dann sind wir wohl so weit!", sagte er. Und an Fisichella gewandt: „Wir kommen übermorgen oder in drei, vier Tagen nochmals mit einem Strahlengerät wieder, um durch Mauer und Kellerboden hindurch zu sehen oder zu sehen versuchen, ob wirklich alles in Ordnung ist. Jedenfalls haben wir schon heute sehr, sehr herzlich für Ihr Entgegenkommen zu danken."

Ganz kleine Pause, in der Fisichella sichtlich aufatmete. Dann aber schlug die Katze zu: „Nur eines noch: Ich möchte Sie bitten, nur für wenige Sekunden ganz tapfer zu sein. Ich möchte einfach etwas ausprobieren, was Ihnen vielleicht für einige Augenblicke Ärger und Qual bereiten könnte. Und ich bitte dafür jetzt bereits um Vergebung!"

Ehe Fisichella überhaupt etwas sagen konnte, hatte der Questore schon seinen mobilen DVD-Player aus der Tasche gezogen, und aus dessen kümmerlichem Lautsprecher erklangen in ziemlicher Verzerrung die ersten beiden Takte der Kleinen Fuge in g-moll. Fisichella schien völlig überrumpelt zu sein und stand regungs- und fassungslos da, bevor er viel zu spät eine verzweifelte Abwehrbewegung machte. Denn nach genau zehn Noten hörte man im Innenraum des Tresors einen deutlichen Knacks, so wie wenn eine Blockierung gelöst würde. Sofort stellte Bustamante das Gerät ab und berührte mit einem Fuß leicht die Bodenplatte des Tresors, ging dann zufrieden ganz in ihn hinein und sagte fröhlich: „Und nun darf ich Sie alle recht herzlich in diesen Aufzug bitten und zu einer Aufzugsfahrt in tiefer gelegene Forschungslabors einladen. Und übrigens, Professore, wenn Sie jetzt Vorbehalte anmelden oder protestieren würden, könnte Ihnen das nichts mehr helfen. Denn hiermit verhafte ich Sie wegen des dringenden Tatverdachts, an lebenden Menschen zu experimentieren und mindestens sechs davon getötet zu haben."

***

Am Abend saß das Team Bustamante noch lange beisammen. Rosalinda hatte einige Flaschen Spumante geöffnet und Biscotti serviert. Die Stimmung war überschwänglich, feierte man doch nicht nur die Verhaftung Fisichellas, sondern auch die fast gleichzeitig erfolgte Festnahme seines Assistenten und zweier anderer Mitarbeiter, die, als das Ganze aufflog, gerade im unterirdischen Labor am Arbeiten waren.

Auf einen Telefonanruf Bustamantes hin hatten Steve und Phil auch Schwester Claudia festgenommen, die sofort umstandslos und freimütig gestand, die ersten vier Mordopfer in Schwesternkleidung jeweils einzeln für ein wichtiges Gespräch in ihr Auto gelockt, dort betäubt und zur Villa Fisichellas gefahren zu haben, „um ihnen zur Sühneleistung vor Gott und den Menschen zu verhelfen." Und das verteidigte sie sodann sogar noch mit großem Nachdruck.

Nachdem man zu allem Überfluss auf eine entsprechende Anfrage hin von Fisichella noch erfahren hatte, dass die beiden letzten Mordopfer tatsächlich mehr oder minder „zufällig" in die Mangel der Hirnforschung gerieten, da sie bei einer unvorhergesehen vorzeitigen Rückkehr des Professors aus dem Urlaub beim Einbruch erwischt worden waren, war der Fall grundsätzlich gelöst. Dennoch blieben auch für die Mitarbeiter noch viele, viele Fragen zurück.

„Vice, sag einmal", fragte Luccio, „wieso hast du eigentlich gewusst, dass die ersten Töne der g-moll Fuge ein akustischer Code waren?"

„Gewusst im strengen Sinn habe ich es nicht. Aber die hochemotionale Reaktion Fisichellas auf meine Intonation der Fuge ließ sich bei einem Mann seines Schlages meines Erachtens ganz unmöglich auf irgendwelche psychische Traumata zurückführen, etwa weil ihm in frühester Kindheit beim Erklingen dieser Fuge seine Mutter erstmals die Brust entzogen hatte."

Allgemeines Gegrinse!

„Nein, dieser etwas arrogante, jedenfalls aber clevere, lebenstüchtige, nüchterne und – wie wir jetzt erst richtig erfassen – auch wohl herzlose Naturwissenschaftler reagiert nicht aus solchen Gründen, es musste etwas sehr Ernstes dahinterstecken. Und da wir ja nun aus guten Gründen von einer dringenden Verdachtslage wegen verbotener Experimente ausgingen, lag der Schluss nahe, dass hier Zusammenhänge zu vermuten waren. Und was konnten da einige Töne, die den Professor zu solch extremer Reaktion veranlassten, etwas anderes bedeuten als einen akustischen Code? Ich habe mich noch heute Morgen in der Bibliothek über ‚Zugangscodes durch Spracherkennung‘ kundig gemacht. Ein musikalischer Code funktioniert nach der gleichen Methode.“

Bustamante hielt einen Augenblick inne, um einen Schluck Sekt zu sich zu nehmen. Dann fuhr er fort: „Bis zu unserem heutigen Besuch bei Fisichella dachte ich noch, bei Auslösen des vollständigen Codes würde irgendetwas deutlich Merkbares passieren, dass da etwa irgendwelche Türen aufgehen oder sich Wandverkleidungen öffnen würden. Und ich war schon drauf und dran, vorhin im Salon beim Gespräch mit Fisichella die Fuge auf dem DVD-Player abzuspielen. Gott sei Dank habe ich dann noch gewartet. Und im Nachhinein gesehen, ist mir auch klar, dass ein Code, dessen Auslösung direkt bemerkbare Folgen hätte, viel zu naiv wäre und ein viel zu großes Risiko für den Professor bedeuten würde. Denn jeden Code kann man knacken, jede Tür aufbrechen. Deswegen hat er sein Labor vierfach abgesichert: Erstens gab es einen doppelten Code, einen digitalen für das Tresorschloss und einen davon völlig unabhängigen akustischen Code für den Aufzug, zweitens gab's einen doppelten Zugang: die Tresortür und den Aufzug, der ja quasi als eine Art zweite Tür diente.“

„Warum hat Fisichella als Zugangscode eigentlich keine Fingerprint-Zutrittskontrolle gewählt, wie sie ja weithin üblich ist? Wieso dieser umständliche akustische Code,“ fragte Steve.

„Nun, bei einer polizeilichen Razzia wäre ein Fingerprint-Code überhaupt kein Hindernis gewesen: Man hätte den Daumen des Professors oder einer anderen eingeweihten Person einfach zwangsweise an das Lesegerät gehalten, und schon wäre die ganze Codierung für die Katz gewesen. Demgegenüber war ein akustischer Code viel, viel sicherer. Hätte ich nicht zufällig die Kleine g-moll-Fuge gespielt, wäre das Ganze ja auch nie und nimmer aufgeflogen.“

„Und wie bist du auf die Idee mit dem Aufzug gekommen? Das sah man dem Tresor doch überhaupt nicht an!“

„Also, ich glaube, als da plötzlich dieser riesige und dazu noch leere Tresor vor uns stand, haben wir alle miteinander Verdacht geschöpft. Das Ganze sah ja auch unendlich merkwürdig aus. Da ich dann Spuren von Schuhabdrücken auf dem Boden des Tresors sah, dachte ich zunächst, der Tresor sei eine Art Zugangsschleuse, wie sie zur Abschirmung militärischer Geheimanlagen oder geheimer Forschungsinstitute häufiger vorkommt. So lauteten jedenfalls die Informationen, die ich mir heute Morgen aus der Bibliothek geholt habe. Und natürlich dachte ich deshalb auch zunächst, eine der Tresorwände sei in Wirklichkeit eine Tür. Deshalb gab ich das Signalwort für Ablenkung ‚O du grüne Neune!' von mir, und Marco reagierte darauf ja auch dankenswert rasch. Darauf bückte ich mich, um mit meinem kleinen Taschenmesser aus einer der äußersten Ecken etwas Schmutz und darin vielleicht etwas DNA-Material herauszufieseln. Zwar war der Tresor sehr, sehr sauber, aber selbst in den saubersten privaten Haushalten gibt es feine, ganz, ganz feine Schmutzreste, die man nur mit viel Geduld und einem spitzen Gegenstand entfernen kann. Ich bin also schnell mit dem Taschenmesser in die rechte untere Vorderecke gefahren, und da merkte ich, dass die Bodenplatte des Tresors und die schmale untere Sprosse des Tresor-Türrahmens gar nicht miteinander verschweißt waren, sondern dass da zwischen beiden ein ganz kleiner Spalt war. Ich holte trotzdem mit dem Messer aus der Ecke eine kleine Schmutzprobe heraus. Zugleich kam mir die Idee mit dem Aufzug. Deshalb fühlte ich auch die Verbindung von Bodenplatte und hinterer Seitenwand ab, und da war die gleiche winzige Ritze wie vorn, während Boden und Seitenwände verschweißt waren. Da legte sich der Gedanke, in der Tresorbodenplatte und den beiden Seitenwänden einen Aufzug vor sich zu haben, einfach nahe."

„Aber wie konntest du sicher sein oder ahnen, dass nach dem zehnten Ton des Fugenthemas die Blockierung des Aufzugs gelöst und dieser dadurch gewissermaßen in Betrieb gesetzt wurde? Und noch grundsätzlicher: Wie konntest du wissen, dass nicht allein von der Orgel, sondern auch vom DVD-Player aus der akustische Code funktionieren würde?", fragte Marco.

„Gewusst habe ich es nicht und sicher war ich auch nicht, aber ich habe gestern Abend noch lange darüber nachgedacht. Wenn der Anfang der Kleinen g-moll-Fuge wirklich als akustischer Code figurierte, konnte er nicht unbedingt von einer Ausführung mittels der Orgel abhängen. Vielleicht hatte Fisichella anfangs selbst daran gedacht, den Code jeweils von der Orgel zu spielen oder spielen zu lassen. Aber das dürfte auf Dauer ja wohl zu lästig gewesen sein und vor allem ganz und gar unnötig. Ein akustischer Code ist auf bestimmte Haupt- und Grundfrequenzen abgestellt, sonst würde er schon auf leiseste Verstimmungen, die z.B. bei einer Pfeifenorgel völlig normal sind, nicht reagieren. Das Gleiche gilt aber auch für den Fall von Codierung durch Spracherkennung. Auch hier bilden geringe Frequenzunterschiede in der menschlichen Stimme kein Hindernis. Deshalb musste das Ganze auch mit einem DVD-Player funktionieren.

Marco, was aber den ersten Teil deiner Frage bezüglich der Wirkung des Codes angeht, so hatte ich einerseits wirklich keine Ahnung, sondern höchstens – wie schon gesagt – eine vage Idee. Andererseits hielt ich die Wahrscheinlichkeit für ziemlich hoch, dass nach dem Auslösen des akustischen Codes irgendetwas geschehen würde, sonst hätte ja Fisichella vorgestern, als ich die Fuge zu spielen begann, nicht ein solches Theater aufgeführt. Also: Irgendwas musste nach Auslösen des Codes passieren. Nur was? Luccio und Marco haben es dann ja erlebt: Nach den ersten zehn oder elf Tönen der Fuge, wie sie von der DVD gespielt wurde, hörte man ein sehr deutliches Knacken im Tresor, wie wenn eine Blockierung gelöst würde. Ich ging sofort mit meinem Fuß prüfend über die Bodenplatte des Tresors und merkte, dass die jetzt nicht mehr total stabil, sondern wie bei einem Aufzug ein wenig schwankend war. Der Rest legte sich nahe."

„Und wenn trotz all dieser Vermutungen und Wahrscheinlichkeiten nach Abspielen der DVD nichts geschehen wäre, was dann?", so der Einwurf von Steve.

„Nichts! Gar nichts! Ich hätte dem Professor mit dem freundlichsten Gesicht gesagt: ‚Es war mal wert, ausprobiert zu werden! Wir sehen uns dann in den nächsten Tagen wieder mit einem Versuch, per Tera-Hertz-Strahlen in das zugeschüttete Areal Einblick zu nehmen.' Und vor diesem Strahlenversuch hatte Fisichella überhaupt keine Furcht, brauchte sie auch nicht zu haben. Das Ganze war ohnehin nur eine List, um ihn nochmals besuchen und sein Haus in Augenschein nehmen zu können. Ihr kennt ja vermutlich meinen Freund, Professor Elmaro Scieggù, meinen Gewährsmann für alle technisch-physikalischen Fragen. Er hat mir erklärt, dass es weder mit Tera-Hertz-Frequenzen noch mit irgendwelchen anderen Strahlen bildgebende Verfahren gibt, mit denen man durch massive Wände oder Decken hindurchsehen kann. Die einzige Ausnahme bilden Röntgenstrahlen, aber die auch nur mit riesigen Frequenzen, die wir nie hätten einsetzen können, weil wir nicht über die entsprechende Strahlenquelle verfügen und weil solche Strahlen absolut tödlich sind, wenn sie auf Menschen treffen. Stellt euch mal vor, was wir dann in diesem unterirdischen Labor, falls da Leute am Arbeiten waren, angerichtet hätten! Nein, ich habe deswegen den Tera-Hertz-Frequenzbereich ins Spiel gebracht, weil der bisher kaum erforscht ist und vermutlich auch von Fisichella nicht durchschaut wird. Ich wollte ihm nur ein bisschen Angst oder Beklemmung einjagen."

„Aber nochmals: Wie wär's denn eigentlich weitergegangen, wenn's mit dem Abspielen der Kleinen Fuge nicht geklappt hätte, wenn da rein gar nichts passiert wäre?", warf Rosalinda ein, während sie wieder eine Flasche Sekt öffnete.

„Ich weiß nicht. Der Präriehund hätte sicher weitergeschnüffelt. Vergesst nicht, dass von der Schmutzprobe, die ich im Tresor genommen habe, noch einiges zu erwarten ist. Wenn wirklich im Tresor auch blutige Leichen befördert wurden, kann man eigentlich sicher sein, dass in diesen Schmutzresten gentechnisch zu bearbeitendes Material zu finden ist. Doch das ist ja jetzt nicht mehr so entscheidende wichtig."

„Aber im Ganzen steckt für mich doch noch etwas Unlogisches!", rief Phil dazwischen. „Wenn der akustische Code nur die Blockierung des Aufzuges entfernt und dessen Initialisierung auslöst, warum hat dann Fisichella so hysterisch reagiert, als du anfingst, die Fuge zu spielen. Es wäre doch bei geschlossenem Tresor nichts passiert, und die Gäste hätten auch nichts gemerkt!"

„Bravo, Phil! Du hast die Sache analytisch wirklich voll erfasst. Genau dieser Punkt hat mir noch bis vor zwei bis drei Stunden am meisten Grund zum Nachdenken gegeben. Und erst jetzt verstehe ich das Ganze. Machen wir uns Folgendes klar: Normalerweise geschieht der Zugang zum unterirdischen Labor dadurch, dass man zuerst den Digitalcode betätigt mit dem Ergebnis: Die Tresortür lässt sich öffnen, und man kann eintreten. Dann betätigt man den akustischen Code. Ergebnis: Die Blockierung des Aufzugs wird gelöst, er setzt sich nach Schließen der Tresortür in Bewegung. Unten angekommen aber – das haben wir ja selbst auch erlebt –, muss der Aufzug nach einigen Augenblicken erneut nach oben fahren und wieder oben blockiert werden, damit der Urzustand wiederhergestellt ist. Denn es muss ja jederzeit so aussehen, als ob es sich um einen zwar riesigen, aber doch stinknormalen Tresor handelt. Wenn nun jemand, der unten arbeitet, wieder hinauffahren will, muss er nochmals den akustischen Code betätigen. Das haben wir ja auch getan. Was geschieht? Der Aufzug wird oben entblockiert, er kommt herunter, man steigt ein, fährt hinauf, öffnet die Tür, schließt die Tür hinter sich, und dadurch, also durch das Öffnen und Schließen der Tresortür, wird der Aufzug wieder blockiert, und alles ist in seinen Urzustand zurückgesetzt. So ist das Ganze offenbar programmiert, und dieses Programm ist durchaus logisch und praktisch zugleich, wenn, ja wenn da nicht plötzlich ein komischer Gast die Kleine Fuge in g-moll gespielt hätte, sei es auf der Orgel, sei es auch nur von der DVD. Denn schau: Als ich an der Orgel saß und die Fuge intonierte, stand ich kurz davor, genau das zu tun, was ein Mitarbeiter tut, wenn er von unten wieder herauffahren will. Ergebnis: Der Aufzug wird oben entblockiert, er kommt herunter, hält einige Augenblicke zum Einsteigen an und fährt wieder hinauf. Aber jetzt, jetzt kommt der Riesenunterschied! Wenn man den akustischen Code betätigt, ohne dass da Leute hinauffahren, die, oben angekommen, die Tresortür öffnen und wieder schließen, folgt der Aufzug dumm nur seinem Programm: Er fährt, wenn die Tresortür nicht von innen geöffnet und wieder von außen geschlossen wird, gleich wieder herunter, hält dort einige Augenblicke an, fährt wieder herauf, wieder herunter, wieder herauf, wieder herunter usw. Das wusste Fisichella natürlich und wollte vermeiden, dass die Gäste, die sich ja im Atrium und damit nur durch eine einfache Tür vom Tresor getrennt aufhielten, unablässige Aufzugsgeräusche vernähmen oder dass wenigstens ich dabei auf dumme Gedanken käme."

Bustamante schaute etwas versonnen ins Weite.

„Natürlich hätte Fisichella das Perpetuum mobile des Aufzugs dadurch abstellen können, dass er die Tresortür mittels Digitalcode öffnete und wieder verschloss. Aber auch das hätte Aufmerksamkeit erregt, und es hätte, wenn die Fuge von mir zu Ende gespielt worden wäre, nicht nur einmal geschehen müssen. Denn in der Fuge wird ja das Fugenthema mit den gleichen Code-Frequenzen einige Male wiederholt, und so wäre immer aufs Neue das gleiche ‚Aufzugsspiel' ausgelöst worden. Zufrieden, Fil?"

„Super!“

„Noch Fragen???“

Keine Reaktion!

„Dann, liebe Leut‘, seid’s mir nicht bös, aber es ist schon sehr spät. Ich wenigstens mache mich auf den Weg nach Hause. Morgen ist – glaube ich – Sonntag, da können wir uns alle mal kräftig ausschlafen. Und auch am Montag muss keiner vor 11 Uhr zum Dienst erscheinen.“

Da er mit keinem Protest rechnete, verabschiedete er sich sofort nach dieser Ankündigung mit einem allgemeinen Gewinke. „Buona notte! Und Rosalinda, schließ du bitte ab!“

***

Der Questore war wohl der einzige seiner Dienststelle, der schon am Sonntag wieder im Dienst war. Um 10 Uhr traf er sich mit Monsignore Morreni in dessen Ufficio unweit des Staatssekretariats und erzählte ihm aufs Genaueste von den Vorgängen der letzten Tage.

Der Monsignore hörte nachdenklich zu, machte aber, was Bustamante auffiel, von Zeit zu Zeit eine unruhige Bewegung. Als der Questore geendet hatte, sagte Morreni ein wenig kleinlaut: „Bu-Bu, ich hätte dir schon das letzte Mal, als du mir von eurem Verdacht erzähltest, sagen sollen, dass wir, d.h. Vatikanische Stellen an dieser Tragödie der in-vivo-Experimente zwar indirekt, aber immerhin, nicht ganz unschuldig sind. Fisichella war schon als Medizinstudent in Mailand Mitglied von ‚Comunione e Liberazione‘, du weißt, das ist eine ziemlich neue katholische Bewegung, die sich besonders im politischen und kulturellen Raum engagiert und kirchliche Positionen durchzudrücken sucht. Nicht immer sehr erleuchtet, wie ich meine. Fisichella fiel bereits damals auf durch seine fantastischen Studienerfolge, hohe Intelligenz, Beredsamkeit und auch Kirchlichkeit. Als er Assistent an der Neurologischen Klinik im Bereich Gehirnforschung wurde, publizierte er schon nach kurzer Zeit Forschungsergebnisse, die hohe internationale Beachtung fanden. Und so gab ihm die Glaubenskongregation unter dem Mantel der Päpstlichen Akademie der Wissenschaften ein nicht unerhebliches Stipendium mit dem ausdrücklichen Auftrag, die Forschungsergebnisse des indischen, in Kalifornien arbeitenden Neurologen Vilayanur Ramachandran zu widerlegen, der ..."

„Ich weiß, ich weiß, das ist der, der herausgefunden hat, dass Gott und überhaupt alles Religiöse das Ergebnis von neuronalen Schaltungen und biochemischen Gehirnprozessen ist, die im Areal des linken Schläfenlappens stattfinden. Das berühmte Gottes-Modul!"

„Genau!"

„Aber Salvatore, hältst du das für anständig, Forschungsergebnisse für Geld zu bestellen? Ich weiß, dass das auch von Seiten der Industrie laufend geschieht. Doch ist es für Theologen und Philosophen und erst recht für die Kirche nicht tödlich, Forschungsergebnisse zu bestellen, nur weil man Angst hat, die eigene Ideologie könne sonst beschädigt werden?"

„Voll und ganz einverstanden! Es war damals ein riesiger Fehler. Aber so sind nun mal die Leute von der Glaubenskongregation. Voller Ängste, der Glaube könne Schaden leiden, suchen sie ihn bürokratisch, allein am Buchstaben orientiert, zu verwalten und zu verteidigen. Dabei haben einige dieser ‚Glaubenshüter' nur eine kümmerliche theologische Bildung, die überhaupt nicht dem Stand der heutigen Theologie entspricht. So kommt es laufend zu Fehlentscheidungen, wie auch jetzt im Fall Fisichella. Der Auftrag, er solle missliebige Ergebnisse der Gehirnforschung widerlegen, ist ja wohl gründlich daneben gegangen. Er hat sich nicht nur anderen Themen zugewandt, man könnte ja auch auf den Gedanken kommen, dass ihn überhaupt erst der Auftrag der Glaubenskongregation, ihr bestimmte wissenschaftliche Ergebnisse zu liefern, auf unethische Gleise geführt haben. Und die wiederum haben dann schließlich bei diesen schrecklichen Methoden von in-vivo-Experimenten geendet. Hoffentlich lernen einige Herrschaften aus dieser Tragödie, dass es nicht nur unsachlich, sondern auch gefährlich ist, sich Hoftheologen und Hofwissenschaftler zu halten, nur um von ihnen die eigenen Ansichten bestätigt zu bekommen."

„Na, dann sind wir ja einer Meinung!" Nach einer kleinen Nachdenkpause setzte der Questore neu an: „Noch eine Sache: Ich bin von den Anstrengungen der letzten Tage ziemlich erschöpft. Heute muss ich noch einen Bericht schreiben, von dem auch du dann eine Kopie erhältst, aber danach brauche ich einen Tag Entspannung. Morgen ist Allerheiligen, der 1. November. Das ist auch immer der Schlusstag der Wallfahrtssaison vom ,Santuario della Santissima Trinità' bei Vallepietra. Du weißt: Mir geht's da nicht um die Wallfahrt, wohl aber um die zu dieser Jahreszeit besonders herrliche Gegend. Der Gran Sasso und andere höhere Gipfel der Abruzzen, die man vom Monte Autore oder vom Tarino aus erspäht, sind schon mit ein wenig Schnee verzuckert, und der Mischwald rund um Vallepietra ist von einer umwerfenden Farbenpracht. Im letzten Jahr haben wir ja gemeinsam dorthin einen Ausflug gemacht und anschließend ,Da Romano' in Vallepietra hervorragend gespeist. Du erinnerst dich doch sicher. Frage: Hättest du nicht Lust, morgen das Ganze zu wiederholen?"

„Bu-Bu, es tut mir schrecklich leid. Ein andermal gern, sehr gern sogar. Aber am Allerheiligentag habe ich Verpflichtungen, denen ich mich nicht entziehen kann. Und dann ..." Er lächelte listig und sprach so, dass man merkte, wie es gemeint war. „... Und dann habe ich Angst davor, dass du wie im letzten Jahr* bei der Erklärung des ,Gnadenbilds' wieder auf der Kir-

---

* Vgl. Roman Carus, Ritenstreit. Ein Fall für Questore Bustamante, Frankfurt 2007, 158ff.

che herumhackst, auf deren Geistlosigkeit und Evangeliumswidrigkeit und …"

„Ja, habe ich denn da nicht Recht? Schau doch nur, was im Zusammenhang dieses Falles jetzt wieder los war: Bestellte Forschungsergebnisse! Dann das Versteckspiel in Sachen Kindesmissbrauch! Die oberen Kirchenmänner wollten doch nur vertuschen und verdrängen, wollten nach außen ‚heilige Kirche' markieren, so nach dem Motto eines deutschen Songs: ‚Spiel nicht mit den Schmuddelkindern!' Kein Schwein hat sich, soviel ich weiß, um die vom Missbrauch betroffenen Familien gekümmert, keiner hat sich interessiert für die beiden armen Hunde von Prälaten, die sich zwar vergangen haben, aber dabei vermutlich hilflos ihrer Veranlagung und Schwäche ausgeliefert waren und in dieser Kirche nicht den Mut fanden, um Hilfe zu bitten. Auch sie mussten ‚heilige Kirche' spielen. Und dann …"

Der Questore redete sich immer mehr in Rage hinein, während der Prälat fast belustigt zuhörte und dann ganz ruhig sagte: „Weißt du, was mich immer wieder bei dir wundert? Du verfügst über ein beträchtliches psychologisches Wissen und wendest es zusammen mit einer bemerkenswerten Einfühlungsgabe bei deinen Untersuchungen auch auf fantastische Weise an. Nur an *einer* Stelle setzt die psychologische Reflexion und Einfühlung bei dir aus."

Der Questore überrascht: „Bei welcher?"

„Du müsstest doch viel besser noch als ich wissen, was es bedeutet, wenn man mit solcher Rage gegen jemanden oder gegen etwas zu Felde zieht. Es ist ein unfehlbares Zeichen dafür, dass man im Grunde davon nicht loskommt und im Tiefsten davon wohl auch nicht loskommen will. Darüber solltest du mal in Ruhe und Frieden nachdenken!"

Ein grimmiges Brummen Bu-Bus war die einzige Reaktion. Der Monsignore wechselte das Thema: „Und was machst du sonst noch in den nächsten Tagen, außer dass du deinen Bericht schreibst und einen Ausflug nach Vallepietra unternimmst?"

„Ich werde mit Sicherheit in nächster Zeit sowohl die Familie Auf der Maur mit Benedikt als auch Frau Cherubini mit ihrem Töchterchen Elena besuchen und schauen, ob nach diesen aufwühlenden Ereignissen der letzten Tage bei ihnen alles in Ordnung ist. Und vielleicht gehe ich auch mal in der Haftanstalt ‚Regina Coeli‘ bei Schwester Claudia vorbei. Ich habe da noch einige Fragen; aber vielleicht braucht auch sie mit ihrer verkorksten Psyche ein bisschen, … ein bisschen (er rang nach Worten), naja, sagen wir: Trost.“

Der Monsignore lächelte. „Du bist und bleibst doch ein in der Wolle gefärbter Christ!“

Bustamente protestierte: „Quatsch! Ich habe höchstens den lieben Gott hinter meinem linken Ohr, wie das die Gehirnforschung gezeigt hat. Wir sind nun mal alle unheilbar religiös. Aber nicht so, wie du oder ihr das versteht.“

„Moment, Moment! So ganz unbeleckt in Sachen Gehirnforschung bin ich nun auch wieder nicht. Zunächst mal sind die Forschungsergebnisse von diesem indischen Guru, den der Fisichella widerlegen sollte, mehr als umstritten. Schließlich hat er sie alle gewonnen bei Studien an einem Epileptiker, der an einer Temporallappenepilepsie litt. Ob man sie so verallgemeinern kann, ist eine große Frage. Aber selbst wenn die positiv zu beantworten wäre, hätte das keinerlei Konsequenzen für den Glauben an Gott, überhaupt keine, ganz im Gegenteil. Das haben die Leute von der Glaubenskongregation von Anfang an nicht begriffen. Ganz anders Monsignore Kardinal Elio Sgreccia. Die Eminenza ist bei uns an der Kurie einer der Experten für Bioethik. Er hat vor kurzem die rhetorische Frage in den Raum gestellt: ‚Wenn es einen Gott gibt, macht es dann nicht Sinn, dass er uns so geschaffen hat, dass wir ihn erfahren und mit ihm kommunizieren können – eben im Gehirn und mittels des Gehirns?‘“

Aber Bustamente knurrte nur.

Die Personen, Handlungsabläufe und Zustandsberichte dieses Romans sind frei erfunden. Sollten sich Ähnlichkeiten oder Parallelen zur Wirklichkeit, vor allem zu aktuellen kirchlichen Verhältnissen zeigen, so ist dies angesichts der heutigen Situation kaum zufällig, sondern eher zwangsläufig.

Nicht erfunden, sondern zutreffend sind jedoch die Kurzinformationen über die sog. Libet-Experimente (S. 114) sowie über die Forschungsergebnisse von Vilayanur Ramachandran und die Reaktion von Elio Kardinal Sgreccia (S. 148, 151). Ebenso sind alle als solche bezeichneten Zitate dieses Buches (Barth und Goethe: S. 38, Teilhard de Chardin und Soeur Madeleine: S. 70f sowie aus dem „Weltkatechismus: S. 99) authentisch. Zutreffend sind auch die Passagen über den Wallfahrtsort „Santissima Trinità" und seine herrliche Umgebung sowie – nicht zuletzt – die Hinweise auf das nach wie vor hervorragende Restaurant „Da Romano" in Vallepietra.

Der Autor widmet dieses Buch seinem mittlerweile verstorbenen alten Schulfreund Eberhard Kaebel, mit dem zusammen er schon vor vielen, vielen Jahren die Grundzüge dieses Romans ausgeheckt hat.